Aus den Angeln

Jaro Block

AF210950

Jaro Block

Aus den Angeln

Roman

Bibliografische Information der Deutschen
Nationalbibliothek:
Die Deutsche Nationalbibliothek verzeichnet diese
Publikation in der Deutschen Nationalbibliografie;
detaillierte bibliografische Daten sind im Internet über
http://dnb.dnb.de abrufbar.

Lektorat: Lena Block, Tina Block, Reinhard Kotschner
Cover: Janina Maulhardt

Herstellung und Verlag: BoD – Books on Demand,
Norderstedt

ISBN: 978-3-7583-0015-8

EINS

Dienstag. Phillip schleppt sich wie jeden Tag in den zweiten Stock zu seinem Klassenzimmer. Niemand beachtet ihn auf seinem Weg in den Geschichtskurs. Schritt für Schritt läuft er die Treppe hoch. Er fragt sich, wie es wohl sein mag, in Gruppen die unterrichtsfreie Zeit zu verbringen. Überall lachen sie, springen rum oder erzählen sich Geschichten.

»Meine Geschichten passieren halt am Schreibtisch«, denkt sich Phillip, als er das Zimmer betritt, welches sich seit der Erfindung des Tageslichtprojektors nicht verändert hat. Sich weiter darüber den Kopf zerbrechen kann er nicht, da der Lehrer den Raum betritt.

Phillip sieht aus wie ein 1,80 Meter langes Streichholz, auf seinem Platz in der ersten Reihe. Lang, dünn und Haut wie helles Holz. Nur die Haare sind braun, anstatt rot. Seine kurze Frisur hat er vorne hochgestylt und die runde Brille passt perfekt zum schmalen, kantigen Gesicht.

Er ist ein guter Schüler. Nicht nur fleißig, sondern wirklich interessiert. "Hat Spaß an komplexen Themen", stand im letzten Zeugnis. Er macht sich, als die Schule vorbei war, auf den Heimweg, um sich mit seinen Freunden zu treffen. Online.

»Eh, Phillipo?« brüllt es aus dem Headset auf seinem Schreibtisch.

»Ja, hallo?«, antwortet Phillip.

»Ich bin's, Chris. Bereit für 'nen Raubüberfall?«

»Ja, warte kurz, ich räum noch meine Schulsachen weg und geh aufs Klo.«

»Perfekt, wir warten eh noch auf jemanden«, hört Phillip leiser, da er sich das Headset schon vom Kopf gepflückt hat. Chris ist sein bester, längster und auch einziger Freund in der realen Welt. Bis zur achten Klasse war er auch auf seiner Schule. Aber offensichtlich konnte die Mutter von Chris das Jobangebot in Wien nicht ausschlagen.

»Auf wen warten wir denn?«, fragt Phillip, als er die Kopfhörer wieder auf den Ohren hat.

»Kennst du noch Marcel? Der war früher bei mir im Tennisverein. Wir haben uns neulich auf Instagram wiedergefunden und wollten mal zusammen zocken.«

»Ne, kenn ich nicht, ist wahrscheinlich auch 'ne Stufe über mir, oder?«, antwortet Phillip.

»Der geht aufs Otto-Hahn und ist gar nicht bei dir auf der Schule.«

»Naja egal, wichtiger ist, dass der hier bald mal auftaucht.«

Phillip hat gerade fertiggesprochen, als eine neue Nachricht oben rechts auf dem Bildschirm auftaucht: "Marcel ist jetzt in ihrer Party"

»Party ist eigentlich ein ziemlich unangebrachtes Wort dafür, dass man Schwerverbrechen begeht.«

»Was läuft, was läuft?«, begrüßt der Neue die beiden gut gelaunt, »seid ihr bereit, ein paar Banken um ihr Geld zu bringen?«

»Ja, safe«, antwortet Chris, während auf dem Ladebildschirm ein Räuber mit Clownmaske und schusssicherer Weste erscheint. Er verblasst und der virtuelle Raubzug startet.

»Du bist Marcel, oder?«, fragt Phillip.

»Jep«, antwortet dieser, »Chris hat gemeint, du kommst auch hier aus der Stadt?«

Die Clowns stürmen mit Maschinengewehren in die Bank.

»Genau, aber ich glaub, wir gehen nicht auf dieselbe Schule.«

»Ah ok, ja manchmal ist die Welt doch größer als man immer meint«, sagt Marcel.

»Wie lange seid ihr heute am Start?«, wirft Chris ein.

»Puh – nicht so lange«, meint Marcel, »ich hab nachher noch Training.«

»Ah, du spielst immer noch Tennis? «, fragt Chris.

»Ja, stecken mitten in der Saison. Aber man müsste die Tabelle drehen, um sagen zu können, dass wir erfolgreich wären«, jammert Marcel, »aber wir schweifen ab. Lass mal aufs Spiel konzentrieren! Ich bekomm hier den Tresor nicht auf.«

Eine Stunde später muss sich Marcel mit etlichen, virtuellen Goldbarren in der Tasche verabschieden: »Leute, ich pack´s ins Training. Ach ja Chris, du bist wahrscheinlich nicht in der Stadt, oder?«

»Ne, ich bin am Ende vom Sommer ´ne Woche bei Phil, aber bis dahin hier in Wien.«

»Schade. Hoffentlich sehen wir uns da. Phillip, hat Spaß gemacht, mit dir zu zocken. Wenn du Lust hast, kannst du am Freitag gerne zu meiner Party kommen. Schick mir im Chat deine Nummer, dann füg ich dich in die Gruppe hinzu. Bis dann.«

"Marcel hat die Party verlassen"

Drei Augenblicke später stand es klar und deutlich auf Phillips Display: Du wurdest zu "5. April Abrissparty" hinzugefügt.

»*Scheiße*«, fegt es Phillip durch den Kopf, »*was soll ich denn da?*«

»Na, wann warst du das letzte Mal auf einer Party?«, fragt Chris grinsend.

»Ach halt´s Maul, du weißt doch ganz genau wie oft ich unter feiernden Menschen bin. Außerdem ist am Freitag eh Clantreffen. Kann euch doch nicht im Stich lassen«, sagt Phillip aus voller Überzeugung.

»Phil! Scheiß auf das Clantreffen! Du wirst dahin gehen! Benimm dich mal wie ein Siebzehnjähriger. Wie oft soll ich es dir noch sagen? Du brauchst keine Angst davor haben, wie du auf andere wirkst. Ja, du hast vielleicht andere Interessen. Du bist einfach nur unscheinbar, aber nicht komisch. Du musst mal wegkommen von deinem Schreibtisch. Klar willst du da jetzt nicht hin, aber wenn du in acht Jahren auf die Schulzeit zurückschaust, wirst du denken, dass du was verpasst hast. Glaub mir. Geh hin. Du kennst niemanden außer Marcel. Der wird dich ein paar Leuten vorstellen und so kommst du ins Gespräch. Du trinkst uns beim Pokerabend alle untern Tisch. Klar sind das die Jungs aus dem Clan, aber das funktioniert nicht wirklich anders. Lass den Rollkragenpulli daheim, nimm einen von Supreme aus dem Schrank, zieh deine Nike Air Force an und glaub mir, nach zwei Bier und bisschen Smalltalk regelt sich das alles von selbst!«

»Ja, ich versuch's«, antwortet Phillip überrascht über sich selbst.

»Aber die Supreme Klamotten in meinem Schrank sind als Wertanlage gedacht und nicht dafür, dass billige Alkopops darin verenden. Die hängen schön in Plastik verpackt an der Kleiderstange«, wirft er frech hinterher.

»Junge, du bist noch nicht mal achtzehn und redest, als ob du schon 'ne Blasenschwäche hättest.

Wertanlage. Pff. Dir fehlt es nicht an Geld. Und du holst sie gerne aus dem Schrank, erzähl mir nichts«, antwortet Chris genervt.

»Ja, ich hoffe es wird gut. Wenigstens kann ich dich mitverantwortlich machen, wenn es nicht funktioniert. Und jetzt ab in die Bank, bevor ich nervös werde!«

»Auf gehts.«

Freitagnachmittag. Mit siebzehn Grad und Sonnenschein im Nacken radelt Phillip auf seinem E-Bike vom Nachmittagsunterricht nach Hause. In seinem Kopf macht sich langsam die Angst breit: *»Die sind auch schon alle in der Zwölften. Ich will da nicht hin. Ich kenne wirklich niemanden. Ich kann so schon mit den meisten Leuten nichts anfangen. Die denken mit Sicherheit alle, dass ich der nächste bin, der die Schule verriegelt und einem nach dem anderen eine Kugel in den Kopf jagt. Ich hab´ bei solchen Veranstaltungen einfach nichts zu suchen.«*

An seinem Computer angekommen, ist Chris zum Glück schon online.

»Junge, du musst mir helfen!«, keucht Phillip immer noch verwirrt.

»Jetzt komm erstmal runter. Wo drückt denn der Schuh?«, antwortet Chris.

»Ich kann da nicht hin. Was soll ich reden? Ich kenne niemanden und bin auch einfach nicht wie die.«

»Phillip! Ich werde dir nicht nochmal sagen, warum du dahin gehen musst. Mach es einfach.«

»Ouh man. Und wann geht man auf ′ne Party?«

»Das kommt ganz drauf an, auf wann eingeladen ist.«

»Acht«, sagt Phillip.

»Dann um neun. Nicht zu früh und nicht, wenn sich alle schon die Laternen ausgetreten haben.«

»Ok, dann habe ich noch den einen oder anderen Banküberfall Zeit.«

»Clantreffen ist eh um acht, da solltest du dich dann mal fertig machen. Ach ja, nimm auf keinen Fall zu viel Parfüm«, wirft Chris noch ein, bevor die beiden sich in ihrem Element verlieren.

Fünf vor neun. Phillip ist mit einer viel zu teuren Flasche Wein auf seinem Fahrrad unterwegs. Einmal quer durch die Kleinstadt bis ins Industriegebiet. Einfamilienhäuser wurden inzwischen abgelöst von Handwerksbetrieben und Lagerhallen, als es steil den Berg hochgeht. Dabei hilft sein E-Bike, dass er nicht völlig verschwitzt ankommt. Auf der Zielgeraden hört man die Musik immer lauter werden. Zur Location geht es Treppen an einem Fabrikgebäude hoch. Nachdem er sein Stahlross an eine Straßenlaterne gefesselt hat, hält er kurz inne: »*So schlimm kann es schon nicht werden. Jeder war irgendwann das erste Mal auf einer Party. Bei mir ist dieser Tag eben heute.*«

Noch einmal durch die Haare fahren und los geht's. Er läuft an den Leuten, die im Innenhof stehen vorbei, geradeaus auf die Treppe zu. Der Bass kommt ihm entgegen. Das Treppengeländer ist mit einem rot leuchtenden Schlauch dekoriert.

»Ab in die Hölle«, denkt sich Phillip.

Oben angekommen, will er sich erstmal auf die Suche nach Marcel machen.

»Es scheint wirklich eine Abrissparty zu sein.«

Er steht mitten in einer riesigen Wohnung, die offensichtlich im Umbau ist.

»Marcel weiß nicht mal, wie ich aussehe. Fuck. Wie konnte ich so ein Idiot sein und auf den verfickten Chris hören. Party hin oder her. Es ist völlig in Ordnung introvertiert zu sein. Ich gehöre hier nicht hin und deswegen geh ich jetzt auch wieder!«

Sein rechter Fuß setzt gerade zum Umdrehen an, als ein kleingewachsener Typ aus dem Zimmer nebenan in den Flur stürmt. Seine feuerroten, schulterlangen Haare wirbeln bei der Geschwindigkeit umher. Hektisch schaut er links und rechts.

»Du hast nicht zufällig so 'nen Türken gesehen? Schwarzes T-Shirt, viel zu viel Gel in den Haaren und Silberkettchen um?«

»Eh, ne?«, antwortet Phillip überrascht.

»Ok, schade. Hast du Bock Bierpong zu spielen? Bin gleich dran und warte schon ewig.«

Regungslos steht Phillip da und merkt, wie die Weinflasche immer schwerer wird in seiner schweißnassen Hand: »Ich hab` noch nie Bierpong …«

»Scheiß egal, komm jetzt. Die andern sind gleich fertig«, lallt der Unbekannte und zerrt ihn in das Zimmer neben der Treppe.

Auf einmal findet er sich zwischen etwa fünfzehn Leuten wieder. Das Zimmer hat beigefarbene Wände, von denen sichtbar die Tapete gekratzt wurde und eine Glühbirne an Drähten sorgt für die nötige Beleuchtung. In der Mitte des Raumes steht ein Bierpong Tisch, gebaut aus etlichen Bierkisten und der offensichtlich fehlenden Tür des Raumes. Der Teamkamerad stellt sich neben die Platte. Phillip stellt sich intuitiv daneben, seine Weinflasche fest im Griff.

»Wir haben uns gar nicht vorgestellt. Ich bin Manu.« Er streckt Hand aus.

»Phillip«, meint dieser unsicher und schüttelt sie.

»Freut mich! Und, ach ja, nicht so schlimm, wenn du kein Profi bist. Einer im Team reicht.«

»*Ganz schön überheblich. Aber mit mir hat er wirklich 'ne Niete gezogen. Hätte er mal lieber seinen Kumpel gesucht. Dann wär ich jetzt wahrscheinlich schon zuhause*«, denkt sich Phillip nervös.

Er schaut sich im Raum um. Jeanshosen und Lederjacken lassen ihn in einen Film aus der Vergangenheit eintauchen. Er selbst kommt sich fehl am Platz vor, in seinen Designerklamotten. Das alles ändert nichts daran, dass er sich nicht erinnern kann, schon mal einen Tischtennisball in der Hand gehabt zu haben. Das laufende Spiel ist spannend. Beide Mannschaften haben noch einen Becher vor sich stehen. Als endlich eines der Teams den Ball im Bier versenkt, füllt sich der Raum mit Lärm.

»Wir fangen an!«, brüllt Manu gegen die Geräuschkulisse an, und läuft auf die Seite der Verlierer. Phillip hinterher.

»Hier, mach die mal auf und schenk ein«, befiehlt Manu, nachdem er mit einer Hand zwei Bier aus dem danebenstehenden Kasten genommen hat.

»*Zum Glück kann ich saufen*«, denkt sich Phillip, während er das eine Bier mit dem anderen aufmacht.

»Hast du 'n Feuer?« fragt Phillip Manu.

»Logisch«, antwortet dieser, während er in seiner Hosentasche rumkramt.

Phillip kippt das Bier in die dunkelblauen Becher.

»Los gehts! Du fängst an«, sagt der Rotschopf und drückt Phillip einen orangefarbenen Ball in die Hand. Die Gegner kommen kurz vorbei und wünschen mit Faustschlag ein gutes Spiel. Er wischt seine schweißnassen Hände an der Hose ab. Die Zeit ist wie angehalten. Langsam schweift sein Blick nochmal durch den Raum. Jeder schaut ihn an. Alle Gespräche sind unterbrochen. Sein Herz klopft bis an die Schädeldecke. Er setzt zum Wurf an. In Zeitlupe fliegt der Ball über den Tisch. Vorbei an der gegnerischen Pyramide. Phillip fällt ein Stein vom Herzen, runter in den Marianengraben. Da er immerhin den Tisch getroffen hat, blamiert er sich nicht bis auf die Knochen. Manu trifft auch nur den Becherrand.

Nach und nach entwickelt Phillip immer mehr ein Gespür dafür, den Ball in die Becher zu werfen. Damit sinkt auch sein Puls und Gelassenheit macht sich breit. Nicht ganz unschuldig ist auch der Alkohol, der anfängt in seinen Adern zu zirkulieren.

Die Gegner haben noch vier Becher vor sich stehen. Phillip hat auch einen getroffen. Bei ihm und Manu stehen nur noch zwei Becher, was bedeutet, dass sie am Verlieren sind.

»Los komm, wir schaffen das!«, feuert Manu ihn an. Phillip wirft über den Tisch, den Gegnern direkt in die Hand.

»Schade!«, sagt Manu und setzt zu seinem Wurf an und trifft.

»Yes!«, schreit er energisch und hebt die Hand zum High Five, aus dem eine Umarmung wird.

»Dass man sich so über ein Spiel freuen kann. Wobei, vor dem Computer kann ich das auch.«

Phillip hat seinen Gedanken noch nicht mal richtig zu Ende geführt, als es laut im Raum wird.

»Der Nächste bitte!«, ruft das Mädchen aus dem anderen Team provokant.

Die Gegner haben beide Becher getroffen.

»Naja, auch egal! Saufen!«, brüllt Manu und schiebt Phillip einen der Becher zu, der noch auf dem Tisch steht. Die Rivalen bringen noch die anderen vier Becher. Manu teilt alles auf zwei auf und sagt mit lauter Stimme: »Ex!«

Phillip stürzt das Bier den Rachen runter. Die eine Hälfte, die wieder hochwill, schluckt er und wischt sich den Mund ab.

»Da bist du ja!« schreit Manu, der seinen Becher schon leer hat und angepisst auf dem Weg zur Tür ist, »wo warst du Prototyp Kanake denn?«.

»Auf dem Klo und hab mich dann verquatscht. Und nenn mich nicht so. Mit den Haaren hättest du im Mittelalter gebrannt wie Zunder. Hast du schon gespielt jetzt?«, fragt der Neue.

»Ja, hier mit meinem neuen Kollegen – Äh, wie heißt du nochmal?«, fragt Manu.

»Phillip«, stellt er sich vor.

»Nice, freut mich. Ich bin Emre. Fetter Pulli auf jeden Fall. Original?«

»Jep«, antwortet Phillip einsilbig.

»Wollte grade eine rauchen gehen auf der Terrasse. Kommt ihr mit?«, fragt Emre.

»Yes«, meint Manu kopfnickend.

»Ich hol noch schnell meine Weinflasche«, erwidert Phillip leise und schaut den beiden hinterher.

»Was ist das hier eigentlich für ein Gebäude? Wird das 'ne Wohnung?«, fragt Phillip auf der Terrasse, um irgendwie ins Gespräch zu kommen.

»Ja«, antwortet Emre, »dem Onkel von Marcel gehört die Firma unter uns. Die haben vor, hier eine fette Wohnung zu bauen.

»Schau mal hinter dich«, sagt Manu grinsend. Während Phillip sich umdreht, sieht man wie seine Augen immer heller werden, je näher er dem Terrassengeländer kommt. Die Stadt liegt ihm zu Füßen. Die Pferdekoppel ganz links am Feldrand. Über der hell beleuchteten Altstadt thront die Kirche. Das Jugendhaus. Der Skatepark, angeleuchtet von den Flutlichtstrahlern des Fußballplatzes daneben. Dahinter die stockdunklen Schulen und der Bahnhof, aus dem sich gerade ein Zug verabschiedet.

»Und hier wohnt bald jemand?«, fragt Phillip noch immer fassungslos.

»Ja, der Onkel von Marcel, wenn's fertig ist. Woher kennst du Marcel eigentlich?«, fragt Manu.

»Haben neulich zusammen gezockt. Ich kenn ihn über meinen besten Freund Chris. Der wohnt aber nicht mehr hier«, sagt Phillip, während er mit dem Korkenzieher seines Taschenmessers in der Weinflasche rumspielt. Nachdem er den Korken endlich aus der Flasche gezogen hat, nimmt er erstmal einen großen Schluck.

»Tanzen?«, fragt Manu.

»Eher nicht«, antwortet Phillip schüchtern, »ist die Küche noch drin?«

»Ja, du läufst den Flur nach der Treppe zum Eingang einfach ganz durch«, antwortet Emre.

Auf der Tanzfläche verabschiedet sich Phillip von den beiden. Wobei er die letzten Worte nicht wirklich verstehen konnte, da die Musik lauter ist als gefrorene Beeren im Mixer. Es läuft Techno. Als er durch die Tür zur Küche will, drückt sich jemand an ihm vorbei und rempelt ihn an.

»Pass doch auf!«, staucht er ihn aggressiv zusammen. Phillip schaut ihm ein bisschen zu lange hinterher.

»Junge, was willst du jetzt?«, brüllt er. In Phillip steigt die Angst hoch. Er beißt sich auf die Zähne und die Finger verkrampfen sich. Wie angewurzelt steht er da, während der stabile, große Typ mit schnellen Schritten auf ihn zukommt. Er baut sich vor ihm auf und ballt seine Faust.

»Lauren Alter, verpiss dich!«, ruft jemand aus der Küche hinter Phillip, »das ist meine Party und du machst hier keinen Stress.«

Immer noch kochend vor Wut, dreht Lauren sich um und murmelt: »Hurensöhne.«

»Du musst Phillip sein. Ich bin Marcel«, stellt der gutaussehende Gastgeber sich freundlich vor, »vergiss Lauren einfach. Der ist durch im Kopf. Magst du was trinken?«

»Ich hab` noch, danke«, antwortet Phillip, »ich bin eigentlich auf der Suche nach Gläsern.«

»Im Schrank ganz links oben müssten noch welche sein. Wenn du Glück hast, auch noch Weingläser. Wir sehen uns bestimmt später nochmal. Irgendwer hat das Bad vollgekotzt«, meint Marcel und zeigt auf den Eimer in seiner Hand.

»Danke! Brauchst du Hilfe?«

Phillip hofft auf ein Nein.

»Ach was, geht schon. Aber danke. Viel Spaß noch«, antwortet Marcel und läuft mit dem Eimer den Flur entlang.

ZWEI

Phillip trocknet das frisch gespülte Weinglas mit einem Handtuch ab, von dem man nicht behaupten kann, dass es sauber sei. Da meldet sich neben ihm eine weibliche Stimme zu Wort: »Ist der Wein nicht viel zu gut für ´ne Baustellenparty?«

»Man nimmt, was man kriegen kann, oder?«, antwortet Phillip inzwischen hörbar betrunken und dreht sich um. Als er sieht, aus wessen Mund die Worte kommen, spürt er plötzlich seinen Puls im Rachen. Der Mund wird trocken und ihm bleibt die Luft weg. Vor ihm steht ein bildhübsches Mädchen. Sie hat ihre blonden Haare zu einem makellosen Pferdeschwanz zusammengebunden. Man könnte bei dem Gesicht meinen, sie wäre die Tochter von einem sehr guten Gesichtschirurgen, denn alles wirkt natürlich und trotzdem perfekt. Ein weißes oversized T-Shirt und eine schwarze Feinstrumpfhose bedecken ihre Haut. Und ein Lächeln, das darauf schließen lässt, dass der andere Elternteil Zahnarzt sein muss. Phillip hustet zweimal, fängt sich und stottert: »Kennst du dich mit Wein aus?«

»Na, auf der Flasche steht 2011. Die hatte mit Sicherheit keinen Schraubverschluss.«

Phillip muss sich zusammenreißen. Er hat außerhalb des Unterrichts nicht viel mit Mädchen kommuniziert. Geschweige denn geflirtet. Unregelmäßig stammelt er: »Und du bist wer, wenn ich fragen darf?«

»Ich bin Laura«, meint das Mädchen und streckt ihm grinsend die Hand hin.

»Wie kann man nur so schöne Zähne haben«, fragt sich Phillip, während er ihr die Hand schüttelt.

»Eh, ich bin Phillip. Freut mich. Kann ich dir ein Glas anbieten?«, fragt er, ohne zu wissen, was er tut.

»Ich würde gerne eins nehmen! Danke, dass du deinen edlen Tropfen mit mir teilst«

»Eh ja, gerne«, entgegnet Phillip leise, während er noch ein Glas spült.

»Kommst du von hier?«

Selbst die Stimme des Mädchens beeindruckt Phillip.

»Äh ja, ich komm aus Neustadt. Und du?«, antwortet er, während die Gläser gefüllt werden.

»Yes, ich auch«, entgegnet Laura.

»Bist du auf'm Schiller-Gymnasium?«, versucht Phillip den Smalltalk weiter voranzutreiben und schiebt ihr eines der Gläser hin.

»Ne, auf dem Otto-Hahn. Aber erst in der Elften. Ich hab` noch ein Jahr bis zum Abi. Na dann, auf 2011.«

Sie lassen die Gläser klingen.

»Ja, ich bin auch erst in der Elften. Dann bist du wahrscheinlich auch noch keine Achtzehn, oder?«, antwortet Phillip, nachdem er das Glas wieder abgesetzt hat.

»Ne, dauert aber nicht mehr so lange«, antwortet Laura immer noch grinsend, »wollen wir verbotenerweise trotzdem eine rauchen gehen?«

»Ich rauch zwar nicht, aber können wir machen«, sagt Phillip Schultern zuckend.

Er torkelt Laura durch den Flur und über die Tanzfläche hinterher.

»Es ist jedes Mal so schön, hier rauszukommen«, meint Laura auf der Terrasse.

»Glaubst du, das vergeht, wenn man hier wohnt und diesen Ausblick jeden Tag hat?«

Phillip hatte seinen ganzen Mut zusammen- genommen, eine Frage zu stellen, die man nicht in die Schublade Smalltalk einordnen würde.

»Ich glaube ja. Warum, kann ich dir gar nicht so genau sagen. Oder was denkst du?«

»Ich denk auch. Wenn man zum ersten Mal in New York ist, ist das unfassbar beindruckend. Wenn man da wohnt, lässt diese Faszination bestimmt irgendwann nach«, sprudelt es mit schwerer Zunge aus Phillip hervor.

»Du willst bestimmt nur damit angeben, dass du schon mal da warst, oder?«, fragt Laura mit einem nicht zu interpretierenden Gesichtsausdruck. Die Unsicherheit vom Anfang ist schlagartig wieder da. Nasse Hände und ein Drücken in der Brust. Was will sie ihm damit überhaupt sagen? Fragezeichen stehen in seinem Gesicht.

»Ich mach nur Spaß«, meint Laura lachend, holt eine Schachtel Zigaretten aus ihrer Tasche und zieht eine raus.

»Sorry. Ich wollte dich nicht verunsichern. Aber du warst demnach schon mal dort, oder?«

»Puh – eh ja, ich war letzten Sommer mit meinen Eltern drei Wochen in den USA«, stammelt Phillip, während sich Laura die Zigarette anzündet.

»*Da war mit Mama und Papa irgendwie noch alles in Ordnung.*«

»Und was ist mit dir?«, fragt Phillip, um das Thema zu wechseln, damit er erstmal einen großen Schluck Wein trinken kann.

»Ehm – ich bin Laura. Bin siebzehn und ich spiele Tennis.«

»Das kann ich nur auf der Wii.«

Laura lacht und Phillip muss grinsen.

»Magst du tanzen gehen?«

»Eher nicht so«, sagt Phillip zögerlich.

»Wegen der Musik oder des Tanzens?«

»Na, die Musik passt eigentlich schon. Hör daheim manchmal auch Techno, aber tanzen muss nicht sein«, antwortet Phillip.

»Dann füllen wir dich mal ab und versuchen das später nochmal«, sagt Laura zuversichtlich.

»Na dann. Cheers!«

»Aufs Tanzen«, fügt Laura hinzu und setzt das Glas an. Als sie den Mund leer hat, fängt sie an zu erzählen: »Du wolltest was über mich wissen. Mein Leben ist ein rollender Stein. Irgendwo zwischen Schule und zweimal die Woche Training mache ich meine Hausaufgaben und versuche, meine Freunde nicht zu vernachlässigen. Wobei in meinem Verein auf jeden Fall auch meine Freunde sind. Ein Tag am Wochenende ist immer Spieltag. Hinfahren. Spiel, Satz und Sieg. Manchmal auch verlieren. Dann geht es wieder heim. Es gibt einem unglaublich viel, aber nimmt einem auch was und das ist Zeit. Und manchmal auch die Gesundheit. Bei uns sind gerade viele verletzt.«

Auch bei ihr macht sich der Alkohol bemerkbar.

»Willst du noch ´n Schluck?«, fragt Phillip.

»Ja, wenn du so fragst, nehme ich noch einen.«

Phillip nimmt ihr das Glas ab und schenkt ein. Zielen funktioniert nicht mehr so wie es soll.

»Gut, dass der Wein so günstig war«, lacht Phillip ironisch und schüttelt sich die Hand trocken.

»Und was machst du den ganzen Tag, wenn du nicht im Industriegebiet auf einer Party bist?«

»Ich zock viel. Lesen. Die Schule finde ich auch nicht uninteressant. Nichts Spektakuläres.«

Phillip fühlt sich gelangweilt von sich selbst. Sie erzählt von ihrem sportlichen Leben, mit Freunden und wie viel sie unterwegs ist. Dagegen ist sein Schreibtisch mit drei Bildschirmen eine begrenzte Welt.

»Eh Phillip! Magst du noch'n Bier?«, ruft es von vorne. Sein Blick fällt auf Manu´s rote Haare. Die Hände hat er voll mit Flaschen.

»Ich kenne die zwei vom Bierpong«, sagt Phillip zu Laura, »ist ok, wenn ich kurz rüber geh`?«

»Klar. Ich komm mit. Die sind bei mir auf der Schule.«

Ein paar Schritte später stehen die vier zusammen. Phillip stellt die Weinflasche und sein Glas auf dem Fenstersims ab. Dahinter ist die Tanzfläche zu sehen, die ihm voller vorkommt. Er nimmt dankend das Bier an, fummelt sein Taschenmesser aus der Hosentasche und macht es auf.

»Wollen wir nach der Kippe reingehen und ein Trinkspiel spielen?«, fragt Manu.

»Ich bin dabei«, meint Emre.

Laura und Phillip schauen sich kurz an und zucken mit den Schultern.

»Was willst du denn spielen?«, fragt Laura.

»Never have I ever?«, antwortet Manu.

»Wir sind dabei, wenn die Fragen über der Gürtellinie bleiben«, nimmt Laura ihnen die Entscheidung ab.

»Zum Glück sind die Titten über der Gürtellinie!« Manu kassiert von Laura eine Schelle in den Nacken, während sie sich auf den Weg nach drinnen machen.

Die Suche nach genügend Stühlen war vergeblich, weshalb sich das Quartett auf den Boden, vor eine abgeschlossene Tür setzt.

»Ich hab` die App«, meint Emre.

»Na dann. Los geht´s«, lallt Manu viel zu laut.

»Zum Glück kenne ich das Spiel. Aber sie wird merken, wie langweilig ich bin. Ist jetzt eh alles egal.«

»Ich erklär´s nochmal für jeden«, sagt Emre, »ich lese Aussagen vor, die mit "Ich hab` noch nie …" anfangen. Wenn ihr es doch schon einmal gemacht habt, müsst ihr trinken. Also fangen wir an: Ich hab` noch nie Drogen ausprobiert.«

Manu schaut runter auf sein Bier.

»Darauf stoßen wir an!«, grölt er laut und streckt seine Flasche im 45 Grad Winkel zur Mitte. Alle stoßen an und trinken.

»Okay. Nächste Frage. Ich habe noch nie ein Fahrrad geklaut.«

Laura und Emre trinken.

»Geschichten dazu?«, fragt Manu.

»Auf keinen Fall«, antwortet Laura in ernstem Ton. Emre macht einfach weiter.

»Ich habe noch nie einen Anwalt benötigt.«

Nur Phillip trinkt. Alle schauen ihn verwundert an.

»Ach, nichts Besonderes. Ich habe mal eine Anzeige bekommen, wegen Kreditkartenbetruges. Und ein guter Freund meines Vaters ist Anwalt. Dessen Büro hat mir geholfen.«

»Nächste Frage?«, meint Emre zögerlich.

»So macht das nicht so viel Spaß. Lass noch Leute dazu holen oder tanzen gehen«, meint Manu gelangweilt.

»Ab auf'n Dancefloor«, schreit Emre, steht auf und macht paar Tanzschritte.

»Wir sind auch dabei«, sprudelt es unüberlegt aus Phillip heraus.

»Stabil! Du hast ja auch 'n ganz schönes Upgrade bekommen. Mit der würde die ganze Schule gerne tanzen«, meint Manu frech.

»Das Upgrade fühlt sich geschmeichelt. Und recht hast du auch noch«, sagt Laura schnippisch beim loslaufen Richtung Tanzfläche.

»Wann warst du das letzte Mal tanzen?«, brüllt Laura gegen den vibrierenden Bass an.

»Noch nie«, schreit Phillip zurück, das inzwischen leere Bier in seiner Hand. Nickend dreht sie ihren Kopf nach vorne, Richtung DJ.

»Sieht es scheiße aus, wie ich mich bewege?«, denkt sich Phillip und beobachtet die tanzbeinschwingende Masse, *»eigentlich hab` ich keine Ahnung, was ich hier mache.«*

Wie einbetoniert bleiben seine Füße einfach stehen. Durchgestreckt. Keine Bewegung. Sein Körper pulsiert unregelmäßig. Mal zum Beat. Mal zum Herzschlag.

»Ich kann das nicht«, schießt es ihm in den Kopf und er flüchtet durch die Menschenmenge in den Flur, holt kurz Luft und läuft die Treppe runter zum Ausgang. Vor der Tür wird er langsamer, bis er ganz zum Stehen kommt.

»Ich kann das alles nicht. Hier irgendwas spielen, was ich gar nicht bin. Nichts, absolut nichts habe ich hier verloren. Fick Chris und sein Gelaber.«

Als er dabei ist, sein Fahrrad aufzuschließen, zerrt ihn eine bekannte Stimme aus dem Tal der Selbsterkenntnis.

»Hey Phillip? Kannst du mir schnell helfen?«

Marcel steht vor einem offenen Kofferraum auf der anderen Straßenseite und hat die Hände voll mit Schnapsflaschen und Tetra Paks.

»Ja klar!«

Phillip stellt die leere Weinflasche ab und eilt zu Hilfe.

»Einfach den Kofferraum zu machen«, sagt Marcel. Mit bisschen zu viel Schwung schließt Phillip die Heckklappe.

»Siehst nicht gut aus. Alles ok?«

»Ja, ja alles gut. Wilde Nacht gehabt. Ist auch echt spät geworden«, Phillip schaut auf seine Apple Watch: 3:55 Uhr, »ich hau jetzt ab.«

»Schade. Schön, dass du da warst und lass die Tage mal wieder zusammen zocken. Du bist echt gut! Und schieb dein Fahrrad am besten nach Hause«, sagt Marcel.

»Jo, können wir machen, danke für die Einladung«, antwortet Phillip, während er sich zum Weggehen umdreht. Er schließt sein E-Bike auf und fährt los. In seinem Kopf fährt eine Mischung aus Achterbahn und Geisterbahn: »*Ab morgen sitz ich einfach wieder vorm PC. Da ist mein Platz. Da gehör´ ich hin, und da bleib ich auch. Egal wie toll Laura war. Die kann sich morgen so oder so nicht mehr an mich erinnern.*«

Viel zu schnell, viel zu betrunken und ohne zu wissen, ob er wütend oder traurig sein soll, fährt er durch die nächtliche Kleinstadt. Zu Hause angekommen, wirft er seine Schuhe in den Flur, torkelt am Bad vorbei und fällt mit Klamotten ins Bett.

DREI

Das Handy vibriert in Phillips Hosentasche. Es hört kurz auf und dann nochmal. Phillip zieht es aus der Hose. Das Display verschwimmt vor seinen Augen. Beim dritten Versuch trifft er den grünen Button.

»Ja?« Sein trockener Mund macht ihm beim Sprechen zu schaffen.

»Junge, hier ist Chris. Es ist halb eins. Da kann man auch mal aufstehen. Was war letzte Nacht los?«

Der Lautsprecher des Handys ist viel zu laut eingestellt und es sticht in Phillips Kopf, als hätte er zu viel Eis gegessen. Er reißt sich das Telefon vom Ohr und stellt den Lautsprecher ein.

»Keine Ahnung. Lass mich pennen«, jammert Phillip und zieht sich das Kissen über den Kopf.

»Jetzt erzähl doch! Selbstläufer, oder? Wie ich gesagt habe«, meint Chris grinsend.

»Anfangs ja. Alles gut. Bis ich irgendwann auf der Tanzfläche gelandet bin. Ich will wirklich nicht wissen, wie das aussah«, grummelt Phillip vor sich

hin und sucht neben seinem Bett nach Wasser.
Nichts da.

»Und dann?«

»Nix und dann!« Durch das Brüllen verschwimmt
der Türrahmen vor Phillip. Er schlendert den Flur
entlang ins Bad. Seine Wohnung ist im ersten
Stock, über der Garage. Ausgestattet mit großem
Bad und einer Küche, in der bis jetzt nur
Kühlschrank, Kaffeemaschine und Mikrowelle
funktionieren. Die letzte Baustelle in der Villa der
Familie Glaser.

»Keine Ahnung, Chris. Ich hab's verkackt. Es hat so
gut angefangen. Und ich bin einfach abgehauen.
Ich gehöre da einfach nicht hin.«

»Wie, du bist abgehauen?«, fragt Chris überrascht.

»Na, auf der Tanzfläche hab ich die Biege gemacht.
Bin abgedampft. Nenn es wie du willst. Aber das
Mädchen werde ich nie wieder sehen«, sagt Phillip
mit kratziger Stimme.

»Junge! Was für ein Mädchen? Jetzt lass dir nicht
alles aus der Nase ziehen«, ruft Chris, während am
anderen Ende der Wasserhahn angeht und Phillip
hörbar seinen Mund darunter hält.

»Naja, Laura halt. Hab mich eigentlich echt gut mit
ihr verstanden. Bis zur Tanzfläche«, erzählt Phillip
und wischt sich dabei den Mund trocken.

»Hast du sie auf Instagram oder so?«, fragt Chris
neugierig.

»Nein, mir war's peinlich mit meinen 122 Abonnenten. Außerdem bist du'n richtiger Wichser. Juckt doch nicht, wie sie aussieht. Ich hatte Spaß mit ihr. Wie kann man so blöd sein und tanzen gehen.«

»Jetzt komm mal wieder runter«, versucht Chris ihn zu beruhigen, »hol dir erstmal eine Flasche Wasser. Dann stoßen wir auf Social Media und die Möglichkeit, Leute wieder zu finden, an.«

»Halt's Maul mit deinem Geschwafel. Ich hab 'nen Kater«, sagt Phillip während er die Schublade mit Medikamenten durchsucht.

»Warte, ich google mal, ob man vom Kater sterben kann – Ach tatsächlich! Hier steht: Besonders große Pfeifen, die nach einer Nacht schon ihr ganzes Leben aufgeben, können an einem Kater sterben. Junge, du musst schnell zum Arzt! Nicht, dass du noch draufgehst«, zieht Chris ihn auf.

»Noch ein Wort und ich leg auf«, meint Phillip komplett genervt.

»Ok. Bleiben wir bei den Fakten. Du hattest Spaß?«

»Ja.«

»Du hast Leute kennengelernt?«

»N' paar, ja.«

»Du hast dich paar Minuten mit einem Mädchen unterhalten und bist dann mit ihr fälschlicher Weise tanzen gegangen?«

»Ich habe den halben Abend mit ihr verbracht. Das waren mehr als nur ein paar Minuten, aber im Grunde ja«, sagt Phillip.

»Du hattest den perfekten Abend und hast den Schwanz eingezogen. Das ist meine Erkenntnis.«

»Was hätte ich denn machen sollen?«, fragt Phillip wehleidig, »die kann gar nicht in meiner Liga sein, weil wir in ganz anderen Disziplinen antreten. Ich spiele Computer und Laura Tennis. Dass sie mit mir gesprochen hat, ist ein Wunder.«

»Warte mal. Wenn wir dieselbe Laura meinen, ist das wirklich ein Wunder.« Chris wischt suchend auf seinem Handy herum, bis es bei Phillip vibriert.

»Meinst du die?« Phillip öffnet Instagram, tippt auf die Nachricht von Chris und sieht in genau dieselben strahlenden blauen Augen wie am Vortag.

»Jep, genau die«, sagt er stolz.

»Holla die Waldfee. Ich kenn die noch von früher, vom Tennis. Ihr spielt wirklich nicht dasselbe Spiel.«

Phillip sieht sich das Profil genauer an.

»*Gute 4000 Abonnenten. Hab ich das gestern geträumt?*«

»Schreib ihr!«, unterbricht Chris seine Gedanken.

»Genau – du bist lustig. Was soll ich ihr denn schreiben? Ich kann nicht tanzen, weil ich ein Kellerkind bin, dass das erste Mal in seinem Leben auf einer Party war? Außerdem ist mein Profil immer noch peinlich.«

»Du hast doch nichts zu verlieren, oder? Und falls sie nicht zurückschreibt, hast du alles getan. Dann soll es nicht so sein. Aber meine Prophezeiung, dass die Party kein Komplettversagen wird, ist ja auch eingetroffen.«

»Mehr oder weniger aber ja, du hast schon Recht.«

»Schreib ihr einfach. Wird schon passen, wenn sie dich auch cool fand.«

»Und was?«, fragt Phillip, der inzwischen eine Schmerztablette gegen den Kater im Magen hat.

»Schreib einfach: Hey Laura! War echt ein schöner Abend gestern, Doppelpunkt Klammer zu. Sorry, dass ich auf einmal weg war. Grüße Phillip.«

»Ich schick das genauso ab«, antwortet Phillip, der mitgetippt hatte. Sein Finger bleibt noch einige Sekunden über dem "Senden"-Symbol, bis er schließlich abdrückt. Er sperrt sein Handy sofort und legt es neben das Waschbecken, als hätte er etwas Schlimmes getan.

»Naja, wenn es nicht klappt, kann ich es wenigstens wieder dir in die Schuhe schieben«, sagt Phillip aufgeregt in den Lautsprecher des Handys.

»Klasse, dann hätten wir das auch geklärt. Jetzt leg dich nochmal hin. Den Schlaf wirst du brauchen. Und wenn du aufwachst, hast du vielleicht schon eine Antwort«, sagt Chris.

»Genau das mach ich jetzt. Ich melde mich! Danke für alles. Ich hoffe es klappt!«

»Da bin ich mir sicher! Treib dir den Kater aus und schlaf gut.«

»Bis dann!«, sagt Phillip, legt auf und schmiert sich Zahncreme auf die elektrische Zahnbürste.

»Das funktioniert niemals. Die hat mich bestimmt schon vergessen. Und sie geht mir nur nicht mehr aus dem Kopf, weil ich noch nie wirklich mit einem Mädchen gesprochen habe. Einfach aus dem Fehler lernen und nicht mehr auf Partys gehen.« Die plötzlich ausgehende Zahnbürste beendet den Prozess. Mund ausspülen, Klamotten aus und zurück ins Bett.

Erst geht das eine Auge auf. Dann das andere. Völlig verschlafen starrt er auf den Sperrbildschirm seines Handys. Nichts von Laura. Dafür unzählige Nachrichten von den Jungs aus dem Clan. Eine Meldung seiner Mutter von vor einer Stunde:

Mama
Willst du was vom Italiener?

Phillip springt in Jogginghose und T-Shirt. Es war inzwischen 18 Uhr. Wenn man aus seiner Wohnung in das Haupthaus kommt, steht man in einem riesigen Wohn- und Essbereich mit Küche.

Phillip läuft auf den dunklen Tisch aus Eichenholz und Metall zu, an dem seine Mutter sitzt.

»Habt ihr schon bestellt?«, fragt er sie hoffnungsvoll.

»Ja, dein Vater müsste eigentlich schon los sein, aber so wie ich ihn kenne, sitzt er bestimmt noch unten im Büro. Alles gut bei dir? Hab dich heute noch gar nicht gesehen.«

»Weil wir uns ja sonst so häufig sehen.«

»Ja, alles bestens. Ich bin nur verkatert und hab Hunger«, antwortet er, schon halb die Treppe runter gestürmt. Thilo, sein Vater stand noch auf seinem "Spielplatz", wie er sein viel zu teuer eingerichtetes Büro getauft hat und zieht gerade seine Jacke an.

»Aha, der Herr Sohn ist doch wach und hat Hunger«, begrüßt er ihn.

»Hi. Wir sehen uns gleich wieder in der Garage. Ich muss noch kurz Schuhe anziehen.«

»Für mehr hat es nicht gereicht?«, fragt Phillips Vater spottend, als er auf seine Adiletten schaut. Das Garagentor geht auf. Er drückt den Startknopf des Wagens und der Mercedes S63 fängt an zu blubbern.

»Ich komme eh nicht mit rein. Du redest sowieso die ganze Zeit mit Gaetano.«

»Alles gut.«

Thilo lenkt den Wagen aus der Garage auf die Straße.

»Und, bei dir alles klar?«

»Ja nur fertig. War gestern auf'ner Party«, antwortet Phillip stolz, wie ein Kind, das mit dem Seepferdchen nach Hause kommt.

»Party? Das ist ja ganz was Neues. Hattest du Spaß?«

»Die meiste Zeit ja. War wirklich was Neues. Tat gut, mal vom Schreibtisch weg zu kommen.«

»Wer hat dich denn eingeladen?«, fragt sein Vater neugierig.

»Ein alter Freund von Chris.«

»Aha, dem sagst du nächstes Mal Grüße. Und irgendwann findet alles seinen Weg, Phillip. Jeder bekommt, was er verdient – und du verdienst alles Glück der Welt.«

»*Was schwafelt der da?*«, fragt sich Phillip verwirrt.

»Naja. Hast du gesehen, dass der Bitcoin Kurs gerade in die absolut falsche Richtung geht?«, unterbricht Thilo sich selbst.

»Hatte heute noch keine Zeit dafür. Mal schauen, wo das noch hinführt«, sagt Phillip.

»Was willst du denn essen? Wie immer?«

Phillip hatte gar nicht gemerkt, dass sie schon da sind.

»Yes.«

»Dauert kurz, weil ich deine erst noch bestellen muss«, meint Thilo.

»Kein Problem. Ich warte gerne.«

Als sein Vater die Türe zuschlägt, zieht Phillip sein Handy raus und checkt die Kurse. Schlagartig versteinert sich sein Blick. Neue Nachricht von Laura.

Laura
Hey Phillip :) fand's auch echt gut gestern. Wo warst du denn auf einmal?

Er leitet die Nachricht kommentarlos an Chris weiter, sperrt sein Handy, legt es auf seinen Oberschenkel und starrt den dunklen Bildschirm an. Nervös, mit dem Fuß wippend, fängt er an zu grübeln: »*Wann antworte ich? Was antworte ich? Ein Wunder, dass sie mir überhaupt schreibt.*«
Phillip greift zu seinem Handy und tippt die Nachricht vorsichtshalber an Chris:

Phillip
War nur kaputt von der Woche und schon ziemlich besoffen:) Heute den Tag gut überlebt?

Chris, der inzwischen online ist, antwortet mit einem Daumen nach oben. Dann schickt Phillip die Nachricht an Laura. Zehn Minuten später hat er immer noch keine Antwort. Nach fünfzehn Minuten taucht sein Vater wieder auf. Er steigt wortlos ein und drückt Phillip die Kartons in die Hand.

»Alles okay?«, fragt Phillip.

»Ja, alles bestens«, antwortet Thilo immer noch in Gedanken. Ungeduldig tippt Phillip alle paar Sekunden auf sein Handy. Keine Nachricht.

»Ist bei dir alles gut? Du scheinst nervös zu sein?«, bemerkt sein Vater.

»Joa, ich hab` gestern ein Mädchen kennengelernt und warte auf ´ne Nachricht«, erklärt Phillip.

»Die erste Party und das erste Mädchen, beides an einem Abend. So kenn ich dich ja gar nicht! Aber freut mich natürlich. Erzähl!«, sagt Thilo mit einem Grinsen.

»Naja, da gibt es nicht so viel zu erzählen. Irgendwie haben wir den ganzen Abend miteinander verbracht. Aber kannst du dir vorstellen, wie ich aussehe, wenn ich tanze? Das habe ich nicht gepackt und bin abgehauen. Heute Nachmittag hab` ich ihr geschrieben und sie hat sogar geantwortet«, erzählt Phillip leicht geknickt.

»Mach dir nicht so einen Kopf. Sie hat sich ja gemeldet. Den letzten Abend kannst du so oder so nicht mehr rückgängig machen. Sei du selbst und schau was passiert.«

Sein Vater manövriert das Auto vor die sich selbst öffnende Garage.

»Jetzt gibt´s erstmal Pizza«, sagt Thilo beim Aussteigen.

»Ist es okay, wenn ich drüben esse? Ich hab' keinen Nerv am Tisch zu sitzen«, fragt Phillip vorsichtig, während er aus dem Auto steigt.

»Ja, ist okay. Aber halte mich auf dem Laufenden«, antwortet Thilo. Phillip schnappt sich seine Pizza und verkrümelt sich in seine Wohnung.

Bett. Karton auf. Die Champignons leuchten ihn dampfend an. Nachdem er das erste Stück in Rekordzeit inhaliert hat, schaut er auf sein Handy. Nachricht von Laura. Das Handy zittert in seinen Händen beim Lesen:

Laura
Hab' den ganzen Tag geschlafen. Ich bin erst heute morgen um 8 heimgekommen.
War echt noch lustig gestern :) Und was macht dein Kater?

»Scheint jetzt nicht so, als würde sie es mir übelnehmen, dass ich abgehauen bin. Nur ich mir selbst. Aber ich warte trotzdem bisschen mit der Antwort«, denkt Phillip etwas entspannter über die Gesamtsituation. Er macht ein Bild von seiner Pizza und legt sein Handy weg. Erstmal essen und Fernseher an.

Während die Pizza in Phillips Magen arbeitet, steht er im Bad, um seine Hände zu waschen. Er bleibt am Spiegel kleben und betrachtet sich selbst: *»Was könnte sie nur an mir finden? Ich bin 1.83 groß*

und bring nicht mal siebzig Kilo auf die Waage. Meine
Brille steht mir immerhin. Meine Haare vielleicht? Alle
vier Wochen zum Friseur lohnen sich wohl endlich.«
Er zieht sein Handy aus der Hosentasche und
schickt Laura das Bild von seiner Pizza. Dazu tippt
er:

Phillip
Der Kater wurde gerade gefüttert :) 8 Uhr ist schon
hart. Was ging dann noch so?

Kaum wieder im Bett, schon kommt die Antwort.

Laura
Ah ja, sehr gut!
Ich glaub ich bestell mir auch gleich ne Pizza :)
Getanzt und getrunken. Hab dann noch bisschen
beim Aufräumen geholfen und bin dann heim.
Wohnst du eigentlich direkt in der Stadt?

Phillip
Pizza macht alles besser :) und ja ich wohn direkt
in Neustadt und du? Voll lieb von dir mit dem
Aufräumen :)

Laura
Ich wohn auch in Neustadt:)
Grade chill ich nur im Bett. Muss morgen früh
raus:(Spieltag.

Phillip
Okay :) hoffentlich bist du bis dahin fit!
Direkt in der Stadt zu wohnen ist praktisch,
so kann man zur Schule laufen:)

Laura
Das stimmt :)
Wieso warst du eigentlich noch nie tanzen?

Phillip schämt sich für sein langweiliges Leben.
Doch da ihm auf die Schnelle keine Ausrede
einfällt, versucht er es mit Ehrlichkeit.

Phillip
Ich hatte bis jetzt noch nicht so oft die Gelegenheit
dazu.

Laura
Ach so, okay. Find ich nicht schlimm, falls du das
gestern gedacht hast :)

Für Phillip sind diese Worte bedeutsamer als jedes
Wunder in der Bibel. Alle Ängste, die er seit letzter
Nacht hatte, sind mit einem Satz wie vom Winde
verweht. Bis in die Nacht unterhalten sich die
beiden via Textnachricht. Über Musik, Freunde, die
Welt. Laura erzählt von ihrer Mannschaft, den
Aufgaben als Schülersprecherin, ihren spießigen

Eltern und ihrem Traum, Jura zu studieren. Phillip erzählt ihr von Reddit, wie er versucht, das Programmieren zu lernen und über die Ahnungslosigkeit, was er nach der Schule machen soll. Zudem berichtet er von seinen Freunden. Dass er mit allen nur online kommuniziert, verschweigt er erstmal. Als Laura meint, dass sie schlafen muss, nimmt Phillip all seinen Mut zusammen, ohne zu überlegen, ob es zu früh oder spät dafür ist:

Phillip
Wollen wir uns mal wieder sehen?

Laura
Gerne! Wenn du morgen zwischen elf und zwölf Zeit hast, schreiben wir da nochmal. Da fahre ich zum Spiel:)
Sonst abends halt. Gute Nacht :)

Laura ist offline. Phillip versteht die Welt nicht mehr.
»Mag die mich? Verdammt, die mag mich wirklich. Ich frag mal Chris.«
Er schickt ihm einen Screenshot von den letzten paar Nachrichten mit den Worten:

Phillip
Ich glaub die mag mich wirklich!

Chris

Tatsache. Dann schau, dass du morgen nicht wieder so lange pennst. Bis dahin schlaf deinen Rausch aus. Ich gehe jetzt noch in ein Café. Viel Erfolg!

Zufrieden mit der Gesamtsituation legt sich Phillip schlafen.

VIER

Als er am Sonntag morgen aufwacht, ist das Erste was er liest:

Laura
Guten Morgen :)

Während Laura zu ihrem Tennisspiel fährt, verabreden sie sich für die Grillparty auf dem Sportplatz des Otto-Hahn-Gymnasiums, am nächsten Wochenende.

»*Irgendwie komisch. Eigentlich bin ich da ja fehlplatziert und jetzt auf einmal bin ich zweimal hintereinander am Wochenende unterwegs. Ich kann es gar nicht glauben. Fühlt sich merkwürdig an.*«

Die ganze Woche läuft Phillip mit einem Grinsen durch die Gegend, als ob der Zug der guten Laune bis in seine Fingerspitzen gefahren wäre. Die beiden schreiben sich in jeder freien Minute, was sie essen, wie sehr die MRNA-Polymerase in Bio nervt und philosophieren über ihre Mitschüler.

Am Freitag direkt nach der Mittagsschule radelt Phillip, dick eingepackt, durch den Regen zum anderen Schulgelände.

»Super Wetter für ein Grillfest«, denkt er sich, als er absteigt, um sein Fahrrad zu schieben, damit seine Hose nicht komplett nass ist, bis er ankommt. Als er sein Ziel erreicht, steht das Zelt schon. Der Sportplatz ist hinter dem Schulareal platziert. Dazwischen die überdachten Fahrradständer, wo er sein E-Bike abstellt. Der rote Tartanplatz und zwei Tore mit Stahlnetz laden an sonnigeren Tagen dazu ein, Fußball zu spielen. Phillip läuft über das Spielfeld und checkt sein Handy:

Laura
Komm einfach ins Zelt :)

Vom Scheitel bis zur Sohle nass, hebt Phillip die graue Plane an und geht ins Partyzelt. Leicht angespannt schweift sein Blick durchs Innere. Es ist mit Biergarnituren und großen Musikboxen ausgestattet. Noch sind kaum Leute da. Phillip geht durch das Zelt direkt auf die Anlage zu, an der sich ein paar Jungs, die wahrscheinlich der Technik-AG angehören, zu schaffen machen. Allerdings mit wenig Erfolg, denn Musik ist noch keine zu hören. Laura steht mit zwei Mädchen auf der Tanzfläche und redet. Unbehagen macht sich bei Phillip breit.

»*Neue Leute*«, denkt er sich, als es schon zu spät ist. »Hey Phillip«, ruft Laura winkend und strahlt ihn dabei über beide Backen an. Drei Schritte später steht er vor den Mädchen, umarmt Laura und nimmt seine Kapuze runter.

»Das ist Phillip!«, stellt Laura ihn vor, »das sind Coco und Avin. Ich hab` mit den beiden Mathe und Wirtschaft. Außerdem sind sie auch in der Schülervertretung, und wir haben den ganzen Spaß hier organisiert.«

»Hallo«, sagt Phillip mit einem verlegenen Lächeln, während er die drei Mädchen mustert. Avin, kleingewachsen mit südamerikanischen Gesichtszügen und blonden Locken. Coco hingegen mitteleuropäisch und dunkles Haar. Alle drei haben sich ziemlich rausgeputzt für die Party. »Magst du was trinken? Bier? Wasser? Cola?«, fragt Laura. Phillip lehnt ab, da die anderen auch noch nichts in der Hand haben.

»Richtig eklig draußen, oder?«, fragt Avin.

»Ja, ziemlich«, antwortet Phillip, zieht seine tropfende Jacke aus und legt sie auf die Bierbank neben ihm.

»Naja, muss man das Beste draus machen. Wollen wir ´nen Sekt aufmachen?«, fragt Laura in die Runde. Avin nickt.

»Dann gehe ich mal einen holen«, sagt Coco. Wieder im Zelt angekommen lässt sie den Korken knallen, trinkt einen Schluck und gibt die Flasche weiter.

»Langsam könnten die anderen auch mal hier aufkreuzen«, meint Avin noch mit Sektschaum um den Mund.

»Ich glaube, die meisten haben bei dem Wetter sowieso keinen Bock«, sagt Laura.

Doch sie täuscht sich. Nach und nach trudeln immer mehr Leute im Zelt ein. Gegrillt wird mit Gas, unter einem Pavillon und die Getränke kühlt der Regen. Lee, Paul und Sven aus Phillips Klasse sind auch anwesend und scheinen, den Blicken nach, verwundert zu sein, dass er auch da ist. Mehr als ein stummes Nicken im Vorbeilaufen ist auch nicht drin.

Laura, Phillip, Avin und Coco sitzen am Biertisch und lassen die zweite Flasche Sekt kreisen.

»Laura hat gemeint, du bist gut in Wirtschaft. Wir schreiben nächste Woche eine Klassenarbeit. Hast du Zeit, mir Nachhilfe zu geben? Thema Rechnungswesen? Ich habe absolut keine Ahnung«, sagt Avin schüchtern.

»Nö. Das ist mein persönlicher Nachhilfelehrer«, sagt Laura, umarmt Phillip und zieht ihn zu sich.

»Alles gut«, sagt Phillip und tätschelt ihr unbeholfen über den Kopf, »wir finden bestimmt einen Termin, an dem wir alle drei können«, fügt er hinzu.

»*Ist die schon so betrunken? Besser, wir holen uns mal was als Grundlage, bevor das hier böse ausgeht.*«

»Wollen wir uns was zu essen holen?«

»Gute Idee«, meint Coco, schaut in die Flasche, trinkt den letzten Schluck aus und steht auf.

Nachdem die vier fertig gegessen und anschließend noch eine Debatte über Fleischkonsum geführt haben, sitzen sie wieder am Tisch. Die Mädchen mit Sekt, Phillip hat sich für Bier entschieden. Während Avin versucht, eine ihrer goldenen Locken aus ihrem Glas zu fischen, geht auf einmal die Musik an. Circa dreißig Personen im Zelt zucken zusammen.

Je später der Abend wird, desto voller wird das Zelt. Laura und Phillip ziehen von Tisch zu Tisch. Sie stellt ihm Leute vor, die er aus ihren Erzählungen kennt. Das Reden übernimmt hauptsächlich Laura. Als Phillip durch das Zelt läuft, um seine Blase zu entleeren, begegnet er Manu und Emre.

»Na, bist du wieder mit dem Update da?«, fragt Emre spöttisch.

»Jo«, entgegnet Phillip, leicht genervt über die Aussage, »und ihr solltet doch eigentlich aufs Abi lernen?«

»Was für Abi?«, antwortet Manu genauso betrunken wie am letzten Wochenende, »ich lern` schon unter der Woche auf den Scheiß. Außerdem haben wir noch die ganzen Osterferien Zeit. Wird schon reichen, oder?«

Emre stimmt nickend zu.

»Na, dann ist ja gut«, sagt Phillip.

»Ihr seid übrigens das Gesprächsthema Nummer eins hier. Der Reiche und die Schulschönheit. Unfassbar«, meint Manu laut lachend, »frag sie doch mal, wo sie nach der Party gelandet ist, nachdem du weg warst.«

»Was würde ich da für eine Antwort bekommen?«, fragt Phillip trocken, dennoch verwundert. Manu beugt sich vor und flüstert viel zu laut: »Bei Marcel ist sie auch aufgewacht.«

Phillip kann seinen Ohren nicht trauen.

»Was hat er da grade gesagt?«

Er verabschiedet sich mit: »Dann weiß ich ja Bescheid«, und läuft mit schneller werdenden Schritten Richtung Ausgang.

Regenüberströmt steht er am anderen Ende des Sportplatzes, pinkelt gegen einen der Pfosten und denkt nach: *»Gesprächsthema Nummer eins? Sie ist bei Marcel gelandet? Ich kann ja schlecht sauer sein. Und mag sie mich nur, weil meine Eltern Geld haben? Der Reiche und die Schulschönheit – Vielleicht ist ja auch gar nichts dran und Manu labert dumme Scheiße. Alle labern bestimmt dumme Scheiße, wenn sie über uns reden.«*

Phillip weiß nicht, auf wen oder was er wütend sein soll. Er packt sein Ding wieder ein und stapft zurück über den gefluteten Tartanplatz.

Wieder am Tisch, kann er den Gesprächen nicht mehr folgen, da er immer wieder in Gedanken abdriftet: »*Stimmt das alles? Spielt es eine Rolle, wenn es stimmt? Soll ich sie darauf ansprechen? Was würde es ändern, wenn es so wäre? Wie wäre es ausgegangen, wenn ich einfach weiter schlecht getanzt hätte?*« Während sich die Fragen in Phillips Kopf überschlagen und er am Etikett seines Bieres rumspielt, legt Laura ihre Hand auf seinen Oberschenkel, schaut ihn an mit ihrem Zahnpastalächeln und fragt: »Alles gut bei dir?«

»Ja, ja«, lügt er sie an, »bin nur bisschen fertig von der Woche.«

»Hier, trink das«, sagt Laura und reicht ihm eine Flasche Wasser. Nachdem er ein paar große Schlucke getrunken hat, sagt Laura geknickt: »Leider muss ich dich enttäuschen. Ich habe, als du weg warst, eine Nachricht bekommen, dass ich morgen bei der Frauenmannschaft aushelfen darf. Eigentlich hätten wir ja spielfrei gehabt. Deshalb auch …«

Sie zeigt auf das Wasser.

»Ouh man. Ja verständlich, dass du die Chance nutzen willst.«

Phillip schaut auf sein Handy: 23:24 Uhr.

»Wann musst du morgen dann aufstehen?«

»Um zehn geht's los«, antwortet sie traurig, »ich werde auch in paar Minuten abgeholt.«

»Ja, so schnell können sich die Dinge ändern. Aber ist nicht schlimm«, sagt Phillip mit einem aufgesetzten Lachen. Sie verabschieden sich von den Leuten am Tisch, gehen raus und laufen durch den starken Regen zu den Fahrradständern.

»Es tut mir echt leid«, sagt Laura rauchend.

»Ach was, muss es dir nicht. Manchmal kommt halt was dazwischen.«

»Wirklich ok?«

»Wirklich!«, sagt Phillip diesmal überzeugend.

»Es ist ja nicht ganz ausgefallen, aber hättest du vielleicht Lust, das Treffen nachzuholen?«, fragt Laura leicht verlegen.

»Können wir gerne machen«, sagt Phillip mit einem Lächeln im Gesicht, »wir haben uns bestimmt noch viel zu erzählen.«

Der Bildschirm von Lauras Handy leuchtet auf.

»Meine Mum wartet unten auf dem Parkplatz. Ich muss jetzt los.«

Die beiden schauen sich in die Augen, als würde sie ein Laserstrahl verbinden. Ein donnernder Impuls durchströmt Phillip. Und er spürt, dass er auf Gegenseitigkeit beruht.

»Komm gut nach Hause«, löst Phillip die Spannung. Laura lacht ihn an. Er grinst zurück und sie umarmen sich. Dabei drückt Laura ihm einen Kuss auf die Backe. In seinem Kopf bricht ein

Vulkan aus und die Mischung aus Regenwasser und Schweiß brennt wie Lava in seinem Gesicht.

»Wir holen das nach! Versprochen! Feier noch schön und schreib mir, wenn du daheim bist«, ruft Laura gegen den prasselnden Regen an. Phillip steht wie paralysiert unter dem Dach der Fahrradständer. Seine Gedanken schießen von links nach rechts. Zu schnell, um einen festzuhalten. Er stolpert zurück ins Zelt und schaut in die Menge. Sein glühender Kopf pulsiert immer noch. Die Party ist im vollen Gange. Auf der Tanzfläche wird zu Promillepop getanzt und weit und breit ist kein bekanntes Gesicht zu sehen.

»*Ab nach Hause*«, denkt sich Phillip, dreht auf der Stelle wieder um, und läuft Richtung Fahrrad.

Zitternd, durchnässt und durcheinander kommt er zu Hause in der Garage an. Komischerweise brennt im Haus noch Licht. Phillip hat absolut keine Lust mit seiner Mutter zu reden und sich anzuhören, was Papa gerade wahrscheinlich in irgendeinem seiner Clubs treibt oder was das Pferd wieder für Schmerzmittel braucht. Aber der Kaminofen im Wohnzimmer ist das Einzige, was ihn vor der kalten Nacht retten konnte. Am Büro vorbei schleicht er die Treppe hoch. Oben angekommen, sitzt seltsamerweise nur Thilo am Tisch.

»Du bist gar nicht im Club?«, erschreckt Phillip seinen Vater.

»Öh – ähh ne«, stammelt Thilo und klappt den Laptop zu, »erst morgen wieder. Und wo kommst du bitte her?«

»Von einer Party am Otto-Hahn-Sportplatz. Bitte frag einfach nicht«, antwortet Phillip, setzt sich vor den Kamin und drückt auf die Fernbedienung. Er fängt Feuer.

»Das hat doch wieder was mit dem Mädchen zu tun, oder?«, fragt sein Vater erwartungsvoll.

»Natürlich hat es was mit dem Mädchen zu tun. Nenn mir einen Grund, warum ich sonst auf eine Party an der Schule gehen sollte!«, meint Phillip schnippisch.

»Ist ja gut«, versucht er ihn zu beruhigen, »demnach lief es nicht so?«

»Doch, lief super. Aber als ich letzte Woche abgehauen bin, ist sie anscheinend am nächsten Tag beim Gastgeber im Bett aufgewacht. Trotzdem haben wir ein Date. Glaub ich zumindest.«

»Na also! Vergiss einfach, wo sie aufgewacht ist. Und was das Date angeht, wie alt ist sie?«

»Siebzehn«, antwortet Phillip.

»Dann kann ich ja mal eine Ausnahme machen und ihr geht zusammen in einen von meinen Clubs? Bei einem von sieben wird ja was für euch dabei sein.«

»Da muss ich wieder tanzen, Papa.«

»Dann soll sie es dir zeigen.«

»Mh, vielleicht ins ›Kamo‹? Läuft Techno und alle tanzen eh wie die Wilden. Ich frag sie mal. Dann sehe ich auch endlich, wo du so deine Nächte verbringst. Wieso bist du heute eigentlich nicht weg?«

»Ehm – Heute mal im Homeoffice«, spuckt Thilo aus, »morgen Nacht bin ich wieder unterwegs.«

»Alles klar! Ich frag sie und gebe dir Bescheid.«

»So wird's gemacht.«

»Wo ist Mama eigentlich?«, fragt Phillip.

»In London. Reitturnier. Ich weiß auch nicht genau, wann sie wieder kommt«, antwortet Thilo emotionslos.

»Vielbeschäftigte Frau, ich weiß schon. Ich geh ins Bett. Gute Nacht«, verabschiedet sich Phillip und macht sich auf den Weg in seine eigenen zehn Wände.

»*Alles ist gut*«, denkt er sich, eingekuschelt in seine Decke. Er tippt noch:

Phillip
Bin jetzt auch daheim:) Gute Nacht :)

in den Chat mit Laura und fährt die Jalousien vor den Augen herunter.

FÜNF

Der erste Blick aufs Handy am nächsten Morgen ist vielversprechend:

Chris
Alles gut bei dir du Pissnelke? Komm mal wieder online!

Laura
Guten Morgen:) hoffe hattest gestern noch 'nen schönen Abend:)

Phillip antwortet ihr, dass er schnell das Weite gesucht hat und setzt sich an seinen Schreibtisch. Chris ist online. Kaum hat er das Headset auf den Ohren, meldet er sich auch schon zu Wort: »Na, du schlaffe Nudel! Alles fit? Wo treibst dich denn rum?«

»Ja, freut mich auch dich zu hören«, antwortet Phillip, »war gestern auf 'ner Party beim Otto-Hahn. Aber was viel wichtiger ist, hast du mit Marcel gesprochen?«

Phillip konnte es nicht für sich behalten.

»Worüber sollte ich denn mit dem gesprochen haben?«, hakt Chris nach.

»Die zwei Idioten, die ich von der Party kenne, haben gemeint, dass Laura am Tag danach bei Marcel aufgewacht ist. Und vielleicht weißt du ja mehr.«

»Nö, keine Ahnung. Aber ist doch auch egal, oder? Ich mein, wenn es dich so stört, dann frag sie selbst. Die Leute reden viel.«

»Ich weiß, dass es mich eigentlich nicht stören sollte. Aber ich mag sie halt.«

»Wie war's denn gestern Abend?«

»Gut! Haben so wie's aussieht ein Date bei meinem Dad im Club«, sagt Phillip mit einem Grinsen im Gesicht.

»Super. Was willst du denn mehr? Ihr habt euch an dem Abend kennengelernt. Wenn du mit der Antwort leben kannst, frag sie.«

»Mhm ja ok. Danke auf jeden Fall«, meint Phillip immer noch unzufrieden.

»Sonst noch irgendwas?«, fragt Chris.

»Ich gehe stark davon aus, dass der Abend für sie auch besonders war. Sonst hätten wir jetzt kein Date. Das macht mir 'n Knoten ins Hirn.«

»Ich hab alles dazu gesagt. Wobei, du weißt schon was normalerweise beim dritten Date passiert, oder?«

»Gibt's da was Besonderes zu beachten?«, fragt Phillip.

»Ach, nichts Wichtiges. Vergiss es einfach«, antwortet Chris leicht schmunzelnd.

»Ok. Sorry das ich dich mit meinen Problemen vollheul. Was gibts bei dir Neues?«

»Schule fuckt einfach nur ab …«

Die Freundschaft der beiden hatte den gemeinsamen Samstag bei virtuellen Raubzügen bitter nötig. Währenddessen wartet Phillip ungeduldig auf eine Nachricht von Laura.

»Würde ich mal besser zuhören, dann wüsste ich, wann das Spiel aus ist«, ärgert er sich über sich selbst.

Als sie schließlich antwortet, war es früh am Nachmittag. Phillip und Chris stehen immer noch als Avatare mit Skimaske und Schweißbrenner vor dem Tresorraum. Nach ein paar Nachrichten über das verlorene Spiel und ihre nervige Partnerin im Doppel fragt Phillip, ob sie denn mal Lust hätte, ihm Tanztraining im ›Kamo‹ Club zu geben. Er kenne da jemand an der Tür. Sie ist Feuer und Flamme von der Idee:

Laura
Oha wie nice:) Klar voll gerne! Wie spontan können wir das machen? :)

Phillip
Wann immer wir wollen :)

Laura

Lass uns spontan sein! Lass heute gehen:) Gestern ist die Party ja ausgefallen.

»Sie will heute gleich gehen. Glaubst du, das geht gut?«, fragt Phillip in sein Headset.

»Warum denn nicht? Zeigt doch nur, dass sie gerne mit dir Zeit verbringt.«

»Du hast vollkommen recht! Worauf noch warten? Dann bleibt noch das Problem: Wann geht man in einen Club?«, fragt Phillip unschuldig.

»Nach 24 Uhr ist es völlig egal. Da ist der Laden voll«, antwortet Chris.

»Ok, alles klar! Genau so wird es gemacht.«

Phillip und Laura verabreden sich für 23 Uhr am Bahnhof in Neustadt. Heute ist sie für den Wein zuständig. Phillip ist aufgeregt wie ein Sechsjähriger am ersten Schultag. Nachdem er mit Chris sein Outfit besprochen und sich für ein weißes oversized T-Shirt und einen einfarbigen schwarzen Pullover zur blauen Jeans entschieden hat, geht er runter zu seinem Vater. Als er ohne anzuklopfen ins Büro platzt, sitzt Thilo nicht allein da. Phillip kennt nur einen der fünf Männer in Anzug und Krawatte. Es ist der Freund und Anwalt, dessen Büro ihm beim Kreditkartenbetrug aus der Patsche geholfen hat. Stille kehrt in den Raum ein.

»Was gibt´s?«, fragt Thilo.

»Laura, ich, heute Abend, ›Kamo‹?«, antwortet er vorsichtig.

»Ja passt. Ihr steht dann auf der Gästeliste. Ich bin auch da. Aber keine Angst, wir werden uns wahrscheinlich nicht sehen. Sonst noch was?«, fragt Thilo mit starrer Miene.

»Ne, das ist alles«, meint Phillip, macht die Tür zu und läuft zurück in seine Wohnung.

Wieder am Schreibtisch angekommen, erzählt er immer noch verwirrt, was grade passiert ist.

»Ach, dein Dad hat doch andauernd mit Leuten im Anzug zu tun. Und wer weiß, wer die anderen waren. Ich glaub, da musst du dir keine Sorgen machen. Und jetzt lass uns wieder zocken.«

»Hoffen wir es mal«, antwortet Phillip.

Wirklich beruhigt war er nicht. Doch Fluchtwagen fahren mit Blaulicht im Nacken lenkt ab.

Nach einer ausgiebigen Dusche macht sich Phillip auf den Weg zum Bahnhof. Obwohl er sich, um die Nervosität zu unterdrücken, einen Comedypodcast anmacht, schlägt sein Herz bis zum Hals. Außerdem ist ihm schlecht.

»Hoffentlich kotz ich ihr nicht vor die Füße. Heute ist sie mir wenigstens keinen Schritt voraus. Wir haben beide noch nie einen richtigen Club von innen gesehen. Und ich kenn wenigstens viele Geschichten. Alles wird gut! Ein Schritt links und ein Schritt rechts. So schwer kann das nicht sein.«

Der Anblick von Laura in ihrem weißen Croptop und schwarzer Stoffhose ordnet das Chaos in seinem Kopf und formt es zu einem Herzen. Nach einer sehr langen und festen Umarmung reicht sie ihm die Flasche Wein und fragt mit ihrer weichen Stimme: »Bereit abzustürzen?«

»Auf jeden Fall!«, antwortet Phillip, der sein Glück gar nicht fassen kann. Er nimmt die Flasche, macht den Drehverschluss auf und trinkt einen Schluck. *»Das lässt mein Magen also wieder zu.«*

Verloren in Worten laufen sie in Richtung der dunklen Bahnhofsunterführung. Am Gleis angekommen, schauen sie synchron auf die Anzeigetafel. Drei Minuten noch.

»Perfektes Timing«, sagt Laura und zündet sich eine Kippe an.

»Wen kennst du eigentlich an der Tür?«, fragt sie und pustet den Rauch aus ihrer Lunge in die lauwarme Nachtluft.

»Man baut nichts auf Lügen auf.«

»Meinem Vater gehört der Club sozusagen«, meint er trotzdem ein bisschen kleinlaut.

»Ok krass, na dann kann uns niemand im Wege stehen«, antwortet Laura, schaut auf die Netzkarte der S-Bahn und zählt die Stationen. Lärmend fährt der Zug in den Bahnhof. Nur wenige Menschen steigen mit Laura und Phillip ein. Gegenüber voneinander nehmen sie Platz.

Während sie Geschichten über Zugfahrten, aus vergangenen Tagen austauschen und der Wein gleichzeitig leerer wird, durchkreuzen sich Phillips Gedanken: *»Egal wie das mit ihr und Marcel war, ich muss wissen, ob das auf der Party für sie genauso besonders war wie für mich. Ich muss sie fragen.«*

»Kann ich dich mal was fragen«, fragt Phillip Laura, die aus dem Fenster schaut.

»Alles, was du willst«, antwortet sie und dreht ihren Kopf.

»War das auch auf eine schöne Art besonders für dich bei Marcels Onkel auf dem Dach? Ich mein` du weißt, ich bin nicht so viel auf Partys.«

Phillip muss sich zwingen, beim Rumdrucksen nicht nach unten zu schauen. Sie nimmt seitlich seinen Hals und drückt den Blick in ihre Richtung. Als sich die Blicke der beiden treffen, wird Strahlung frei wie bei einer Kernfusion. Pure Energie schießt durch Phillips Körper.

»Wären wir sonst hier?«, lacht sie ihn an, »jetzt hör auf, dir Gedanken zu machen und hab Spaß!«

Völlig perplex sitzt Phillip da und trinkt aus der Weinflasche in seiner Hand, während sich in der Glasscheibe die vorbeiziehenden Lichter der Großstadt spiegeln.

»Die nächste müssen wir raus«, bricht Laura das Undefinierbare in Phillips Kopf. Seine Handflächen sind in Schweiß getränkt.

»Hoffentlich sieht meine Stirn nicht so aus.«

»Alles gut?«, fragt Laura.

»Es könnte nicht besser sein.«

Phillip schaut sie verlegen an.

»Perfekt! Dann geht's los. Wir sind da.«

SECHS

Am Gleis tummelt sich das nächtliche Partyvolk. Als hätten die beiden gerade Amerika entdeckt, laufen sie reizüberflutet zum Ausgang. Oben angekommen wird schnell klar, dass keiner weiß, wie sie zum Club kommen. Die Navigation auf dem Handy schafft Abhilfe. Der Weg führt sie zwischen Leuchtreklamen und einer Mischung aus zwielichtigen Kneipen und Spielhallen hindurch. Unbehagen macht sich breit. Laura hakt sich bei Phillip unter und hält sich an seinem schmalen Oberarm fest. Mit schnellen Schritten folgen sie der blauen Linie auf Lauras Handy. Als sie nur noch eine Hauptstraße überqueren müssen, kommt die Vorfreude langsam wieder zurück. Phillip entsorgt die leere Weinflasche in einem Mülleimer kurz vor dem Gebäudekomplex, der ein Kino, mehrere Bars und einen Supermarkt beherbergt. Als Laura und Phillip von der Außengalerie in den Innenhof schauen, steht eine riesige Schlange vor dem Club. Dahinter der Außenbereich und zwei offene große Metalltüren.

»Müssen wir uns da anstellen?«, fragt Laura.

»Ich frag mal nach«, antwortet Phillip.

Nach einem kurzen Telefonat mit seinem Vater sagt er: »Der Türsteher am Eingang vom Raucherbereich weiß Bescheid. Da sollen wir uns melden.«

Unten angekommen meint Phillip schüchtern zu dem volltätowierten Türgorilla mit Glatze: »Ehm – wir kommen von Thilo. Der meint, du weißt Bescheid.«

»Kein Problem, kommt rein.«

Die Fleischmütze winkt die beiden durch. Laura läuft mit großen Augen in die rauchende Menschenmenge. Plötzlich wird Phillip von hinten an seinem Pullover gepackt: »Gib nicht alles auf einmal aus«, zischt der Türsteher unfreundlich und drückt Phillip einen Stapel kleiner Papierfetzen mit der Aufschrift "Freigetränk" in die Hand.

»Was war denn das?«, fragt Laura, als die beiden wieder auf gleicher Höhe sind.

»Nichts. Hat nur gemeint, dass wir es nicht übertreiben sollen«, antwortet Phillip grinsend.

»Ganz schön unhöflich so mit dem Sohn vom Chef zu sprechen, oder?«

Hinter zwei großen Türen führt eine Treppe in einen spärlich beleuchteten Raum, an dessen Wänden schwarze Ledersofas stehen. Eine kunterbunte Mischung von Achtzehn- bis Dreißigjährigen sitzt dort in Gruppen, mit

Getränken in der Hand. Am vermeintlichen Ende des Raumes geht es zu den Toiletten. Links die Damen, rechts die Herren. Zwischen den Türen ist ein Durchgang, aus dem der Bass klopft.

»Ich hol uns mal was zu trinken.« Phillip muss schon ziemlich laut sprechen, damit sie ihn versteht. Laura antwortet mit einem Daumen nach oben und einer Geste zur Damentoilette. Phillip deutet an, dass sie sich hier wieder treffen. Sie nickt und verschwindet.

»*Was sie wohl gerne trinkt außer Weißwein?*«, fragt sich Phillip auf dem Weg Richtung Musik. Als er durch den Gang läuft, erscheint rechts die Bar und links die Garderobe. Dazwischen wird die dunkle Wand unterbrochen vom flackernden Stroboskop und beweglichen, bunten Deckenleuchten. Als er an der Reihe ist, bestellt er zwei Gin Tonic, zahlt mit den Gutscheinen und läuft zurück Richtung Toilette, wo Laura schon wartet.

»Wollen wir kurz raus gehen, eine rauchen?«, meint sie, während Phillip ihr den Gin in die Hand drückt.

»Was bekommst du denn von mir?«, fragt Laura, nachdem die beiden einen Platz auf einem halbwegs gemütlichen Palettensofa im Außenbereich ergattern konnten. Die angenehme Aprilluft weht ihnen um die Nase.

»Ich geb` einen aus«, antwortet Phillip und lacht sie an.

»Dankeschön«, antwortet Laura nickend.

Draußen vergehen die Stunden wie Minuten. Von einem Thema ins Nächste, über Investitionen, Lehrer, Dehnübungen vom Tennis, Zukunftstechnologien bis hin zu Orten, welche sie unbedingt bereisen wollen. Sie einigen sich auf Frühstücken in Paris, dann zum Spring Break nach Cancún und den Rausch ausschwitzen am besten auf den Malediven.

Der dritte Gin Tonic hat den Weg in die Mägen gefunden, als Laura darauf besteht, den nächsten zu besorgen.

»Bezahl damit. Tust dir leichter.«

Phillip drückt ihr schmunzelnd ein paar von den Marken in die Hand.

»Du bist so ein Arsch«, antwortet Laura kichernd, »dafür gehen wir jetzt tanzen.« Wacklig auf den Beinen steht Phillip auf und läuft ihr hinterher. An der Bar angekommen und bestellt, drückt Laura ihm einen gelben Drink in die Hand.

»Ist ´n Fanta Korn. Let´s go!«, brüllt sie ihm ins Ohr. Drei Schritte später befinden sich die beiden auf der gut gefüllten Tanzfläche. Die Nebelmaschine leistet volle Arbeit. Zuckende Blitze durchbrechen den Rauch im Takt. Die Musik bewegt mit 130 Schlägen pro Minute das tanzende Publikum. Irgendwo zwischen Menschensilhouetten bleiben sie stehen.

»Ein Schritt links und ein Schritt rechts«, denkt sich Phillip und klappt die Augenlider nach unten. Eine innere Wärme durchströmt seinen Körper vom Haaransatz bis zum kleinen Zeh. Etwas nimmt seine Hand und lässt nicht mehr los. Phillip macht die Augen wieder auf und sieht, dass der Dunst sich verzogen hat und Laura ihn schmunzelnd anschaut. Sie macht einen Schritt auf ihn zu. Hand in Hand tanzen sie. Als ob nichts die Kraft zwischen ihren Händen durchbrechen könnte. Phillip fühlt wie Laura noch näher kommt. Dann einen süßlichen, weichen Druck auf seinen Lippen. Die Augenlieder senken sich langsam wieder. Ein Zug ohne Zielbahnhof rast durch ihn. Mit gespitzten Lippen steht er da. Zärtlich wiederholen sie die Bewegung, bis sich Laura wieder neben Phillip einreiht. Überwältigt und emotionsgeladen schaut er Laura an, die ihm über die Backe streichelt. Gemeinsam fliegen sie über die Tanzfläche, als ob die Nacht ihnen gehört. Noch einige Minuten stehen sie so da. Doch irgendwann muss Phillip den emotionalen Höhenflug unterbrechen, da er dem Druck auf seiner Blase nicht mehr standhalten kann und deutet an, die Menschenmenge zu verlassen, um auf die Toilette zu gehen. Händchenhaltend zwingen sie sich zwischen verschwitzen Körpern durch, bis sie vor den Toiletten stehen.

»*Das hat Chris also gemeint, was beim dritten Date passiert*«, denkt sich Phillip, gut gelaunt am Pissoir stehend, »*schade, dass man Momente nicht in einen Karton stecken kann.*«

Er wäscht sich die Hände in dem unzumutbar ekligen Waschbecken und verlässt das Klo, an dessen Kabinen tanzwütige Männer anstehen.

Laura wartet an der Treppe zum Außenbereich.

»Endlich Sauerstoff«, sagt Phillip an der frischen Luft. Laura steckt sich gerade eine Zigarette in den Mundwinkel, als Phillips Handy klingelt. "Papa" steht auf dem Display. Nach ein paar gewechselten Sätzen fragt Phillip: »Sollen wir bei meinem Dad mitfahren? Der würde demnächst die Heimreise antreten.«

Laura schaut auf ihr mobiles Endgerät. 4:10 Uhr.

»Können wir gerne machen. Ist auf jeden Fall bequemer als die Bahn.«

»Alles klar, dann in zehn Minuten beim Ausgang von der Tiefgarage«, verabschiedet sich der Sohn vom Vater und legt auf.

»Ist es wirklich in Ordnung, wenn wir jetzt gehen?«, meint Phillip missmutig.

»Klar, auf jeden Fall! Auch wenn der Abend von mir aus nie enden könnte, ist es besser, dass ich morgen nicht komplett am Arsch bin«, sagt Laura, inzwischen die zweite Kippe am Rauchen.

»Gut. Dann sollten wir uns nach der Zigarette langsam auf den Weg machen.«

»Weißt du, wo die Tiefgarage ist?«

»Ich hab vorhin ein Schild gesehen.«

»Ok, dann können wir gerne los.«

Albernd laufen die beiden auf das Auto zu. Phillip steigt vorne ein und Laura hinter dem Beifahrersitz.

»Sieht so aus, als ob ihr Spaß hattet«, begrüßt Phillips Vater die zwei freundlich, »ich bin Thilo«, stellt er sich vor und reicht Laura die Hand.

»Und ich bin Laura. Aber das das wissen Sie – äh du – ja bestimmt schon«, antwortet sie mehr als angeheitert.

»Und, war's gut? Euer erster Ausflug in die Erwachsenenwelt?«, fragt Thilo neugierig und fährt los.

»Oh ja! Es war wild. So viele verrückte Menschen, aber alle harmonieren und sind da, um die Musik zu fühlen. Vielen Dank auf jeden Fall für alles!«, sagt Laura zu laut.

»Ja man, danke Paps«, wirft Phillip ein, der aussieht, als ob ihm gleich das Abendessen nochmal durch den Kopf schießen würde.

»Alles gut, Großer?«, meint sein Vater besorgt.

»Joa. Wenn du vielleicht bisschen langsamer fahren könntest, gehts bestimmt gleich wieder.«

»Na hoffentlich! Nicht, dass du mir wieder das Interieur vollkotzt«, antwortet Thilo schmunzelt, während er die deutsche Edelkarosse runter bremst.

»Dein Ernst? Das ist zwölf Jahre her!«, sagt Phillip sauer.

»Phillip durfte auf dem Weg in den Sommerurlaub ausnahmsweise vorne sitzen. Das hat er damals genauso gut vertragen wie jetzt, nur ohne zehn Jägermeister im Kopf. Das Ende vom Lied: Er hat direkt in die Lüftung gespuckt. Das Saubermachen war nicht das Schlimme, sondern der Geruch, immer, wenn man die Klimaanlage angemacht hat. Die hätten wir bei 34 Grad auf Korsika bitter nötig gehabt.«

»Nächstes Mal fahr ich mit dem Zug nach Hause«, grummelt Phillip vor sich hin.

»Ach, ist doch lustig. So erfahr ich bisschen was aus deiner Vergangenheit. Wobei, spaßig wars damals wahrscheinlich nicht, oder?«, fragt Laura.

»Wollt ihr mich eigentlich komplett verarschen!?«, schreit Phillip durchs Auto.

»Entschuldigung«, meint Laura kleinlaut, »ich wollte nicht noch mehr Salz in die Wunde streuen. Dann wechseln wir lieber das Thema. Der DJ heute muss ja wirklich bekannt gewesen sein …«

Phillip hat eigentlich keinen Grund, sich so aufzuregen. Der Abend war wunderschön, doch die etlichen Gin Tonic ließen dem Zorn freien Lauf. Als das Adrenalin aus seinem Körper verschwunden ist, hört er Laura nur noch in der Ferne und versinkt in seinen Gedanken: »*Kranke Nacht Phillip! Wenn mir jemand vor paar Wochen erzählt hätte, dass ich mit meiner Traumfrau auf der Tanzfläche stehe, hätte ich ihm die Nummer von einem Psychiater in die Hand gedrückt. Besser hätte es echt nicht laufen können.*«

Laura und Thilo unterhalten sich die restliche Fahrt über bekannte DJs. Phillip war nur noch physisch anwesend. Als sie das Ortschild passieren fragt Thilo: »Wo musst du denn hin, Laura?«

»Wär's ok, wenn ich bei euch übernachte? Ich hab meinen Eltern erzählt, dass ich bei einer Freundin schlafe und es wär komisch, wenn ich um 5 Uhr morgens daheim auftauche.«

»Also mich stört es nicht«, meint Thilo mit zuckenden Schultern und schaut Phillip an, der sich inzwischen komplett ins Land der Träume verabschiedet hat.

»Den bestimmt auch nicht. Hoffentlich hat er aufgeräumt«, fügt er hinzu.

»Alles andere würde mich wundern. Phillip macht einen sehr aufgeräumten Eindruck«, meint Laura erstaunt.

»Ja, war nicht ernst gemeint. Phillip ist der ordentlichste und strukturierteste Mensch, den ich kenne. Ihn macht es wahnsinnig, wenn er Dinge nicht vorausplanen kann. Nur heute, da war er ausnahmsweise spontan.«

Thilo lenkt den Panzer über den Hof, auf die Garage zu.

»He, du Trunkenbold, wir sind Zuhause«, meint Laura mit sanfter Stimme und rüttelt vorsichtig an seiner Schulter. Thilo hat den Wagen in der Garage zum Stillstand gebracht und fragt: »Kommt ihr klar?«

Laura nickt.

»Na dann, gute Nacht.« Er schlägt die Fahrertür fester zu, sodass Phillip endlich aus seinem komatösen Schlaf erwacht.

»Sind wir da?«, murmelt er verschlafen vor sich hin.

»Ja, sind wir«, antwortet Laura.

Phillip macht langsam die Augen auf. Als er erkennt, dass er zuhause in der Garage steht, dreht er sich ruckartig um: »Was machst du dann noch hier!?«

»Erklär ich dir drinnen, wenn's für dich ok ist.«

»Äh – ja klar ist es für mich ok«, meint Phillip perplex.

Als Phillip über Lauras Dilemma Bescheid weiß und die beiden Zähne geputzt haben, stehen sie in seinem Schlafzimmer. Überfordert stottert er: »Äh, willst du im Bett schlafen? Dann schlaf ich auf dem Sofa. Ist wirklich kein Problem für mich.«

»Wenn du nicht gleich ruhig bist, darfst du auf dem Boden schlafen«, sagt Laura, nimmt seine Wangen in die Hand und küsst ihn auf den Mund. Gänsehaut überströmt Phillips Körper. Reflexartig fasst er ihr an die Taille. Aus vorsichtigen

Lippenberührungen werden unvorsichtige Zungenbewegungen. Laura fasst ihm in die Haare, fährt mit den Händen am Körper runter und greift unter seinen Pulli. Sofort versteift sich Phillips Körper.

»Entspann dich einfach«, flüstert sie ihm ins Ohr. Phillip atmet einmal tief durch und zieht sich sein Oberteil dann selbst aus. Laura tut es ihm gleich.

»Du weißt, dass ich noch nie…«

Sie streicht ihm mit dem Zeigefinger über den Mund.

»Wir tun nichts, was du nicht willst. Aber es wäre doch unbequem in Klamotten zu schlafen.«

Sanft drückt Laura ihn aufs Bett. Mit weit aufgerissenen Augen schaut er sie an, während sie hinter ihren Rücken greift, um den BH aufzumachen. Ihr Grinsen dabei reicht von einem Ohr zum anderen. Sie zieht langsam ihre schwarze Stoffhose herunter und wirft sie in den Raum. Nur im roten Tanga, der zum BH gepasst hätte, steht sie vor ihm. Starr und mit großen Augen liegt Phillip da. Sie kniet sich vor seine Beine, die vom Bett hängen und küsst ihn immer weiter den Bauch runter.

SIEBEN

Völlig dehydriert wacht Phillip auf dem Rücken liegend auf. Laura eng an ihn gekuschelt, mit einer Hand auf seiner Brust. 8:30 Uhr zeigt der Radiowecker an.

»Wann sind wir denn schlafen gegangen?«

Vorsichtig greift er mit einer Hand neben das Bett, um, wie die NASA auf dem Mars, nach Wasser zu suchen. Nachdem er fündig geworden ist, versucht er einhändig den Drehverschluss der Flasche zu öffnen, die inzwischen auf seinem Bauch steht.

»Fuck«, schießt es ihm durch den Kopf, als es schon zu spät ist und die Flasche umkippt. Durch den halb offenen Deckel fließt das Wasser über seinen Bauch hoch zur Brust und Lauras Hand geht baden. Langsam gehen ihre Augen auf. Als sie realisiert was passiert ist, fragt sie schlaftrunken: »Na? Sind wir immer noch ein bisschen betrunken, Mr. Gin Tonic?« und küsst ihn auf die Backe.

»Eventuell ein kleines bisschen«, meint Phillip lächelnd, nimmt ein Tempo aus der Packung neben dem Bett und wischt sich trocken.

»Der Abend gestern hat mir übrigens sehr viel Spaß gemacht«, sagt Laura verlegen, während Phillip das Taschentuch Richtung Mülleimer wirft. »Mir auch. Du bist einfach ein toller Mensch, Laura. Ich fühle mich oft anders. Dass ich nicht bin wie die meisten. Damit habe ich mich zwar unwohl gefühlt und trotzdem habe ich es akzeptiert. Doch an deiner Seite kann ich genau so sein, wie ich bin. Dieses Gefühl ist wunderschön. Zudem bist du das smarteste Mädchen, das ich kenne. Egal in welcher Situation, du wirst nie unsicher. Du läufst mit offenen Augen durch die Welt und bist unfassbar wissbegierig. Das ist einfach bewundernswert.«

»Sowas hat noch nie jemand zu mir gesagt,« sagt Laura mit glitzernden Augen und hochrotem Kopf, »und mir gefallen die Gespräche mit dir einfach. Du kannst mir so viel über Dinge erzählen, von denen andere in unserem Alter nicht mal wissen, dass sie existieren. Immer wenn du den Mund aufmachst, lerne ich was.«

Sanft streichelt Phillip über Lauras Wange, schaut ihr in die Augen und gibt ihr einen Kuss auf die Stirn und lacht. Sie legt die Hand auf seine Backe und küsst ihn. Sie schauen sich an, lachen und küssen sich wieder. Laura zieht ihn auf sich drauf und gleitet ihm mit beiden Händen über den Rücken. Vertrauter und näher kann man sich nicht sein. Phillip streichelt mit seinen Lippen ihren Hals und rutscht mit seiner Hand langsam über die

Brüste, Richtung dem roten Tanga. Fragend schaut er sie an. Mit nur leicht geöffneten Augen nickt Laura und lehnt sich zurück. Phillip wandert mit seiner Hand immer weiter bergab, bis er die Spitze in der Hand hat. Auf einmal fliegt die Zimmertür aus den Angeln.

»Polizei!! Sofort auf den Boden! Ich will die Hände sehen!«, schreit ein maskierter Mann mit Helm auf dem Kopf und einem Sturmgewehr auf die beiden gerichtet. Grüne Laserpointer fliegen durch den Raum. Phillip richtet sich auf, zieht die Decke über sich. Laura reißt die Arme hoch.

»Die Hände will ich sehen!«, brüllt der zweite Mann im Türrahmen. Die beiden SEK-Beamten laufen auf das Bett zu und ziehen jeweils einen auf den Boden. Kabelbinder schnüren ihnen das Blut in den Händen ab. Laura und Phillip liegen nebeneinander und schauen sich an. Komplett nackt. Völlig unter Schock wimmert Phillip: »Ich hab keine Ahnung was hier los ist. Aber es tut mir unendlich leid!«

Er schafft es gerade so die Tränen zu unterdrücken und senkt seinen Blick. In Phillips Kopf brodelt eine unglaubliche Hitze. Aber nicht dieselbe, die ihn mit Laura verbindet. Eine zerstörerische Hitze. Wie ein Waldbrand, der ein ganzes Land bedroht. Phillip hebt seinen Blick und sieht, wie ein salziger Tropfen aus Lauras linkem Auge auf die kalten Fliesen rollt. Kurz darauf folgt einer aus dem rechten. Die SEK-Beamten knien auf den Rücken. Einer sagt in strengem Ton: »Zwei Personen über der Garage gesichert.«

Aus dem Funkgerät rauscht: »Zielperson im Haupthaus festgesetzt. Rest gesichert. Wir führen gleich raus und transportieren ab.«

Laura und Phillip starren sich fassungslos mit stumpfem Gesichtsausdruck an.

»Wir brauchen einen Sanitäter mit ein paar Decken«, hustet der Mann auf Phillips Rücken.

»Und woher sollen die wissen wohin damit?«, faucht der andere ihn an.

»Über der Garage«, fügt er hinzu.

»Unterwegs«, antwortet das Funkgerät.

Kurz darauf sprintet eine Frau in rot-gelber Jacke zur Tür rein, mit einem Haufen grauer Decken unter dem Arm.

»So! Aufstehen«, fordert einer der Polizisten sie auf. In der Senkrechten richtet Laura ihren Blick auf den Boden. Die zwei Beamten werfen ihnen die Decken über und schubsen sie Richtung Tür. Kurz bevor sie die Außenanlage des Hauses erreichen, stammelt Phillip: »Ich… Ich… «

»Ruhe du Knilch!«, zischt der Beamte ihn durch die Sturmhaube an, »und jetzt vorwärts. Auf geht's!«

Als sie den Vorgarten erreichen, wird das Ausmaß des Einsatzes deutlich. Drei silberne Lieferwagen, vier Kombis in Zivil und fünf Streifen stehen vor der Villa. Einige Krankenwagen etwas weiter die Straße hoch. Blaulicht erhellt den Aprilmorgen. Unzählige Einsatzkräfte kreisen zwischen den Autos. Phillips Vater, bewacht von drei Polizisten in Vollmontur, wird zu einem der Streifenwagen geführt. Einer der Staatsdiener öffnet die Tür, ein anderer drückt seinen Kopf runter und schiebt ihn in den Kombi. Als Thilo dabei seinen Kopf dreht, sieht er wie Laura und Phillip völlig aufgelöst, nur mit Decke gekleidet vor den zwei Polizisten stehen. Mit verachtungsvoller und tränengefüllter Miene starren sie auf die sich schließende Tür. Er verschwindet hinter der getönten Scheibe. Langsam entfernt sich das Auto aus der Straße, bis es nicht mehr zu sehen ist. Getrennt voneinander werden Laura und Phillip ebenfalls in eines der blauen Polizeiautos gesteckt und verlassen in diesen die Straße.

Inzwischen ohne Kabelbinder um die Hände, sitzt Phillip allein an einem grauen Tisch. Eine viel zu große Polizeiuniform hängt an seinen Armen herunter. Das kalte Licht brennt in seinen verkaterten Augen und die Tasse vor ihm dampft.

»Es kann doch nicht wahr sein. Wie zur Hölle konnte das passieren? Was hat Papa gemacht, dass die so bei uns daheim aufkreuzen? Das passiert nicht, weil er Drogen in seinem Club verkaufen lässt. Da muss mehr dahinterstecken. Was ist er auch für ein Idiot, sich

erwischen zu lassen. Und Mama lebt einfach in ihrer
Welt voller Menschen aus Plastik. Nur der Geldbeutel
und der Einfluss haben dort was zu sagen. Ihr wird auf
jeden Fall das Gesicht stehen bleiben, wenn ihre
Kreditkarte nicht mehr funktioniert. Ouh man – für
meine Traumfrau wurde die Nacht zum Alptraum. Die
werde ich nie wieder sehen.«

Die aufgehende Tür stellt seinen Gedankenstrudel
ein.

»So, Junge. Ich bin Kriminaloberkommissar Dieter
Held«, sagt der große Mann, der offensichtlich die
besten Dienstjahre schon hinter sich hat, »du bist
Phillip Glaser. Ist das richtig?«

Er setzt sich gegenüber an den Tisch.

»Ja, ist richtig«, murmelt Phillip gerade noch
verständlich vor sich hin.

»Der Sohn von Thilo Glaser?«

»Auch richtig.«

»Ok gut. Dann weißt du, warum du hier bist?«

»Nein, weiß ich nicht«, antwortet Phillip.

»Da du ein Verwandter des Beschuldigten bist,
musst du keine Aussage machen. Falls du aussagst,
kann und wird das auch gegen dich verwendet
werden. Möchtest du eine Aussage machen?«

»Nein, möchte ich nicht. Einen Anwalt würde ich
gerne anrufen. Dr. Nils Frei.«

»Ich schau mal, was ich tun kann«, meint der
Kriminaloberkommissar, steht auf und verlässt das
Zimmer.

Zwei Minuten später betreten der Oberkommissar und überraschenderweise Nils Frei den Raum. Braun gebrannt und schmal gebaut, mit seinen zurückgegelten langen, grauen Haaren, im weißen Polohemd und Segelschuhen steht er im Verhörzimmer. Er rückt sich die runde Brille zurecht und meint ohne Emotion: »Ging schneller als gedacht, oder?«

Phillip nickt stumm.

»Na komm. Wir gehen.«

»Die Uniform wandert aber gewaschen wieder ins Revier«, sagt der Oberkommissar mahnend, während er die zwei nach draußen begleitet, »und bitte bleiben sie verfügbar, falls wir noch weitere Fragen haben. Also am besten nicht die Stadt verlassen.«

Auf dem Parkplatz angekommen steigen sie in den auf hochglanzpolierten, pechschwarzen Aston Martin des Anwalts. Nachdem sie losgefahren sind, fragt Phillip völlig verunsichert: »Herr Frei? Was ist hier los? Und was ist mit Laura?«

»Also, ich sag's mal so – die Scheiße ist am Dampfen. Laura wurde von ihren Eltern abgeholt. Sie ist so weit in Ordnung. Das größere Problem ist, dass dein Vater auf einem vermeintlich sicheren Handy abgehört wurde. Die Meldung, dass unzählige verschlüsselte Handys über Jahre hinweg ausspioniert wurden, war in den Nachrichten. Deshalb waren wir auch bei euch zuhause. Die Gerüchte waren zwar schon bisschen länger in der Luft, aber dass es so schnell geht, konnte keiner ahnen. Dass du und Laura so etwas erleben musstet, hätte niemals passieren dürfen. Es tut mir aufrichtig leid, dass wir gestern nicht andere Schritte in die Wege geleitet haben.«

Phillip schweigt.

»Was weißt du denn über deinen Vater?«

»Nichts Konkretes. Die Clubs halt. Drogen sind da nicht weit. Geldwäsche auch nicht. Paar Immobilien hat er noch. Mehr kann und will ich mir nicht vorstellen«, antwortet Phillip, »ich habe das immer einfach so hingenommen. Weil, nun ja: Das Leben, das viel Geld mit sich bringt, ist schon auch schön. Abgesehen von der Welt in der sich meine Mutter rumtreibt.«

»Gut. Das mit den Drogen und der Geldwäsche hast du bei der Polizei hoffentlich weggelassen. Ich tu, was in meiner Macht steht, um alles wieder hinzubiegen, auch wenn du wahrscheinlich eine Weile auf deinen Vater verzichten musst.«

»Wie lange denn?«, nuschelt Phillip in den Kragen der Polizeiuniform.

»Im schlimmsten Fall hast du dann schon fertig studiert«, antwortet Herr Frei.

»Und im besten Fall?«, fragt Phillip den Tränen nah.

»Das kann ich nicht sagen. Aber das Abi wirst du mit Sicherheit schon in der Tasche haben.«

Schluckend schaut Phillip auf die Fußmatte der englischen Luxuskarosse.

»Fuck man, Papa. Wer bist du eigentlich? Kenn´ ich dich wirklich? Wie viel Geld haben wir? Oder eher hatten.«

»Hey Phillip«, unterbricht der Anwalt seine Gedanken mit sanftem Ton und legt eine Hand auf sein Knie, »du darfst jetzt nicht aufgeben! Hast du gehört? Nicht aufgeben! Auch wenn es hart ist, dein Vater ist nicht aus der Welt. Nur hinter geschlossenen Mauern. Ich weiß, du bist ein schlaues Köpfchen. Du bekommst das hin! Deine Mutter weiß inzwischen Bescheid. Sie kommt morgen aus dem Urlaub zurück.«

»Die wird mir bestimmt ´ne große Hilfe sein.«

Herr Frei parkt den Wagen vor dem Haus.

»Die Polizei wird alle Computer und Handys mitgenommen haben. Im Kofferraum sind ein neues Smartphone, ein Laptop und eine SIM-Karte für dich. Ach ja, und mach mal das Handschuhfach auf.«

Phillip öffnet die Klappe vor sich. Ihn blitzt ein dicker Batzen grüner Geldscheine an.

»Das sind 10.000 Euro. Die werden dir hoffentlich reichen fürs Erste. Falls du sonst noch was brauchst, gebe ich dir meine Karte.«

Herr Frei fummelt in der Brusttasche seines Polohemds, bis er Phillip seine Visitenkarte hinhält.

»Du kannst mich immer anrufen«

»Danke«, sagt Phillip kleinlaut, steckt das Bündel und die Kontaktdaten in die Jackentasche der Uniform und öffnet die Türe, »danke für alles.« Während Phillip aussteigt und nach hinten läuft, öffnet sich die Heckklappe. Vor ihm liegen Smartphone und Laptop. Er stapelt die noch verpackten Elektrogeräte aufeinander und läuft zum Tor. Bevor er es öffnet, dreht er sich nochmal um und nickt Herrn Frei zu. Dieser antwortet mit einem Nicken und startet den Motor.

Nie war heimkommen schlimmer für Phillip. Alleine auf dreihundert Quadratmetern. Die ganze Villa gleicht einer Müllhalde. In seinem Bad angekommen landen die Klamotten von der Polizei auf dem Wäschehaufen, der am Boden liegt. Mit Zahnbürste und Zahnpasta hobelt er sich gedankenverloren den Belag von den Zähnen. Als er sein Zimmer betritt, erinnert er sich an die Worte seines Vaters vor einigen Jahren: »Hier siehts ja aus als wär ´ne Bombe eingeschlagen!« Der Schreibtisch besteht nur noch aus herausgezogenen Kabeln und der Schrankinhalt liegt im ganzen Raum verteilt. Erinnerungen an Thilo und die Nacht mit Laura flattern wie ein Schwarm Brieftauben in seinem Kopf herum. Leer und verlassen bricht er zitternd auf seinem Bett zusammen. In Schockstarre bleibt er liegen und lässt jedem Gefühl und jedem Gedanken freien

Lauf. Schwer atmend laufen Tränen in ein Tal aus Einsamkeit.

"Allein" steht vor seinem geistigen Auge, als Wachsein einfach nicht mehr möglich war.

A C H T

In Schale hat sich Phillip nicht geworfen, als er morgens, nur in Boxershorts und T-Shirt, in der Küche steht. Die Cornflakes allerdings schon. Die Augenlider versuchen gegen die Schwerkraft anzukommen und seine Gedanken sind so durcheinander wie die Villa, in der nichts mehr am selben Ort steht. Nachdem er Handy und Laptop eingerichtet hat, wird ihm wirklich bewusst, wie alleine er ist. Die Jungs aus dem Clan scheinen ihn nicht zu vermissen und auf Instagram nur eine Nachricht von Chris:

Chris
Alles gut bei dir?

Er antwortet:

Phillip
Telefonieren!

Laura hat ihn, wie in seinen schlimmsten Befürchtungen, auf allen Kanälen blockiert. Mit glasigem Blick schaut er versunken auf den Bildschirmschoner des Klappcomputers, als er plötzlich in weiter Ferne hört, wie die Haustüre aufgeht.

»*Fuck, Mama hab` ich ganz vergessen*«, denkt sich Phillip, doch er ist zu schwach, um sich zu bewegen. Das Klacken des Rollkoffers, wenn er über die Fliesenfugen rollt, kommt immer näher. Phillip starrt immer noch auf den Bildschirm, als es schließlich verstummt. Energisch schmeißt seine Mutter die örtliche Tageszeitung auf den Küchentisch: »Auf die Titelseite haben wir es nicht geschafft. Aber nah dran. Ist ja nicht so, als dass diese Villa nicht schon auffällig genug wäre, zwischen den altbackenen Einfamilienhäusern.«

»Das bringt uns auch nicht weiter«, meint Phillip leise.

»Was bringt uns nicht weiter«, fragt Phillips Mutter Daniela genervt.

»Keine Ahnung. Rumschreien und sich darüber aufregen, dass wir das Stadtgespräch sind, jedenfalls nicht. Hast du einen Plan, wie es weitergeht?«, sagt Phillip genervt.

»Nein, wann hätte ich den denn machen sollen?«, antwortet sie schnippisch, »ich stand gerade in einer Kunstgalerie, als der ach so gute Herr Frei mich angerufen …«

»Und genau da ist das Problem«, fällt Phillip ihr ins Wort und steht auf. Mit Gänsehaut am ganzen Körper. Vibrierend vor Anspannung steht er vor seiner Mutter.

»Kunstgalerie hier, Reitturniere da, alle zwei Wochen irgendwo anders. Du hattest nie Sorgen, außer wenn das Pferd mal wieder Probleme gemacht hat und der Pferdeflüsterer kommen musste. Dir ist es völlig egal, dass es Montag ist und ich nicht in der Schule bin. Hast du 'ne Ahnung welche Note ich in der letzten Matheklausur hatte? Oder noch schlimmer, was meine Pläne nach dem Abi sind? Papa und ich haben dich einen Scheiß interessiert. Solange die Kreditkarte funktioniert, ist deine Welt in Ordnung. Und glaubst du, ich weiß nicht, was auf deinen Reisen quer durch Europa passiert? Oder in Papas Stadtwohnung, wenn er mal wieder das ganze Wochenende nicht nach Hause kommt? Ihr seid so verlogen. Kannst du dir vorstellen, wie viel Geld wir hatten und womit es verdient wurde? Hast du 'ne Ahnung, wie viel Geld man illegal verdienen muss, dass man sieben Nachtclubs braucht, um es zu waschen? Du hast keinen blassen Schimmer. Was ist dein Plan? Deine Kreditkarte funktioniert wahrscheinlich schon nicht mehr. Es wird sicher auch nicht mehr lange dauern, bis die uns das Haus auch noch wegnehmen. Hierbleiben macht so oder so keinen Sinn, wenn man

Verbrecher auf der Stirn stehen hat. Du musstest in deinem Leben absolut nichts regeln. Du weißt schon, dass Papa die nächsten paar Jahre im Gefängnis verbringen wird? Der ach so gute Herr Frei wollte darüber keine genauen Aussagen machen, was mit Sicherheit kein gutes Zeichen ist. Ich habe da auch ein Mädchen mit reingezogen, von dem ich dir nicht mal erzählt habe, weil ich einfach nicht davon ausgegangen bin, dass es dich interessiert. Glaubst du, ich kann hier noch auf die Schule gehen, wenn auf einmal jeder weiß, wie viel Dreck man am Stecken hat? Du lebst in einer Traumwelt, Mama. Diese Welt ist gerade zusammengebrochen wie ein Kartenhaus. Doch du hättest erkennen müssen, wie wacklig dieses Haus ist. Hast du aber nicht. Und auch wenn ich dann absolut nichts mehr habe, außer alle paar Wochen Besuchstag und einen Freund in Wien, weiß ich noch nicht, ob ich mit einer Person wie dir weiter mein Leben verbringen möchte. Du hast immer nur nach dir geschaut und nie nach uns. Wieso sollte sich jetzt was ändern. Meine neue Nummer liegt da auf dem Tisch. Schreib sie dir auf oder lass es. Ich brauche Zeit zum Nachdenken und ehrlich gesagt, ertrage ich deine Anwesenheit gerade nicht.«

Daniela hat es die Sprache verschlagen. Wortlos, das Gesicht schon angeschwollen von den Tränen, steht sie da in ihrer Gucci Jacke. Ohne seine Mutter eines Blickes zu würdigen, schnallt sich Phillip seinen Laptop unter den Arm, nimmt das Handy vom Tisch und verschwindet mit gesenktem Blick in seine Wohnung. Er zieht sich einen Kapuzenpulli und eine Jogginghose an, läuft in die Garage, steigt auf sein Fahrrad und fährt stadtauswärts. Als die Häuser von Bäumen und Wiesen abgelöst werden, bremst er bei einer Bank am Feldrand, springt ab und setzt sich. In diesem Moment fällt eine Last von ihm, wie von einem Soldaten, der nach einem 30 Kilometermarsch seinen Rucksack abnimmt.

»Scheiße man. Jetzt sitze ich hier, ohne Mutter, ohne Vater und ohne einen Plan. Und trotzdem fühl ich mich frei. Was wir hatten, war keine Familie. Jeder hat allein vor sich hingelebt. Deshalb werde ich das jetzt auch tun. Auch wenn ich erst siebzehn bin und meine einzige Grundlage 10.000 Euro sind, in einer Stadt, in der ich eigentlich nicht bleiben kann. Wie auch immer ich mein Abi schaffen soll – brauch ich das überhaupt? Will ich studieren? Für welche Möglichkeit entscheidet man sich, wenn man alle hat? Und Daniela soll erstmal ihr eigenes Leben auf die Reihe bekommen, bevor sie mich in den Wahnsinn treibt. Wie kann man nur so naiv und vom Geld geblendet sein. Ich bete einfach, sie ist nicht da, wenn ich nach Hause komme.«

Phillip entsperrt sein Handy. Laura hat ihn immer noch blockiert und keine Antwort von Chris.

»Fuck! Irgendwann wird sie mir hoffentlich die Chance geben, das alles zu erklären. Ich hoffe, es geht ihr gut.

Und Chris soll sich jetzt gefälligst mal melden. Zum Glück sind nächste Woche Osterferien. Sortieren und einen Plan machen steht jetzt auf der Liste. Sich in Selbstmitleid zu ertränken, hat noch niemanden weitergebracht.«

Mit gemischten Gefühlen macht sich Phillip wieder auf den Heimweg. Das Haus ist leer. Im Wohnbereich hält er inne: »*Moment mal. Ich hab` sturmfrei!!!! Für immer und ewig sturmfrei!*« Er dreht die in die Decke eingebaute Anlage per Sprachsteuerung auf volle Lautstärke, tanzt durch die Küchenutensilien auf dem Boden zum Kühlschrank und macht sich ein Bier auf. Der Bass bringt das Geschirr in der Küche zum Klingeln.

»Schau her Laura! So schwer ist es nicht«, schreit er aus voller Kehle in den offenen Wohn- und Essbereich, während er sich um die eigene Achse dreht.

Ein Bier und eine Dusche später sitzt Phillip vor dem Laptop und macht sich schlau, was jetzt mit ihm passiert, bis er die Volljährigkeit erreicht. Die Erkenntnis, dass Daniela nun das alleinige Sorgerecht hat, verursacht sofortige Magenschmerzen: »*Die braucht mich nicht und ich sie nicht. Jeder Richter auf dieser Welt wird das verstehen. Wahrscheinlich sehe ich sie so schnell auch nicht wieder. Und das bestätigt nur, was viel zu lang unausgesprochen war. Die hat einfach einen richtigen Dachschaden.*«

Als Phillip endlich seinen neuen Laptop so weit hat, dass man damit wieder Banken ausrauben kann, sind die Jungs aus dem Clan auch online. Chris allerdings nicht. Es weiß auch niemand, wo er steckt. Er schiebt die letzte Tiefkühlpizza in den Ofen. Mit seinen Onlinefreunden der Frau am Bankschalter eine Pistole an die Schläfe halten, bringt ihn durch den Abend bis tief in die Nacht. Etliche virtuelle Euros reicher, verabschieden sich die Kollegen und Phillip findet auch den Weg ins Bett. Gedanken kreisen wie ein Mobile über einem Kinderbett, während er versucht, sich zum Einschlafen zu zwingen. Irgendwann gewinnt er den Kampf.

Nach einer schrecklichen Nacht, der Kalender zeigt Dienstag an, kippt Phillip gerade den letzten Rest Milch in die Schüssel mit Müsli, als das Haustelefon klingelt. Der Bildschirm zeigt eine fremde Nummer mit heimischer Vorwahl an.
»Woher hat die verfickte Presse denn unsere Nummer?«, denkt sich Phillip und nimmt ab.
»Phillip Glaser?«
»Ah, hallo Phillip. Schön, dass ich dich direkt in der Leitung habe. Hier ist Frau Liewald, deine Klassenlehrerin. Du, ich habe gehört was passiert ist und wollte mich einfach mal kurz melden, um zu fragen, wie es dir geht und ob man etwas für dich und deine Mutter tun kann.«

»*Noch schlimmer als die Zeitung.*«

»Guten Tag Frau Liewald. Sehr nett, dass sie an mich denken. Wir müssen erstmal verarbeiten was passiert ist und schauen, wo uns der Kopf steht. Aber kommen so weit klar. Wäre es in Ordnung, wenn ich die Woche nicht komme? Es sind dann ja auch Osterferien. Danach sieht die Welt bestimmt schon wieder anders aus.«

»Klar Phillip! Kann ich voll verstehen. Bei dir mach ich mir da absolut keine Gedanken wegen des Stoffes. Nimm dir die Zeit, die du brauchst und betrachte das mit der Entschuldigung als erledigt. Ich wünsche euch alles Gute und hoffe wir sehen uns nach den Osterferien.«

»Vielen Dank für ihr Verständnis. Ich weiß es sehr zu schätzen, dass sie angerufen haben. Bis nach den Osterferien.«

»Alles Gute Phillip!«

»Tschüss Frau Liewald.«

Phillip legt auf und atmet tief durch.

»*Puh. Eine Sorge weniger. Aber wie ich es mir gedacht habe. Stadtgespräch. Auch wenn es ´n dummer Spruch für ein Wandtattoo ist. Es bringt nichts, sich über Dinge aufzuregen, die man nicht ändern kann.*«

Bis zum frühen Nachmittag verbringt Phillip seine Zeit auf Websites von Universitäten. Informiert sich über Stipendien, da sich die Geldkapazitäten in der Nacht von Samstag auf Sonntag um einiges verringert haben. Impulsiv klappt er seinen Laptop zu. Da weder Kühlschrank noch Gefriertruhe etwas hergeben, was Phillip auch nur ansatzweise zufriedenstellt, beschließt er, sich in die Stadt zu wagen.

»Ich muss nur durchs Wohngebiet und über den Bahnhof. Es ist 14 Uhr. Da schaffe ich es ja wohl, ohne dass mich irgendwer sieht.«

Mit Kapuze auf dem Kopf tritt Phillip in die Pedale. Völlig paranoid heizt er mit einem Affenzahn durch die Stadt Richtung ›Kebabworld‹. Als er die Bahnhofsunterführung erreicht, drosselt er seine Geschwindigkeit, um niemanden über den Haufen zu fahren. Er schaut links und rechts die Treppen hoch zu den Gleisen, an denen nicht besonders viel los ist. Beim letzten Gleis drückt es ihm schlagartig die Luft aus den Lungenflügeln. Er bringt seinen Drahtesel sofort zum Stehen. Als er realisiert, was genau da grade passiert, fluten sich seine Augen.

»Fuuuuuuck! Ich ertrag das alles nicht. ES REICHT!!!«, ballert es ihm durch den Kopf.

Sein Kartenhaus, welches zusammen gefallen auf dem Tisch liegt, wurde grade mit Benzin übergossen und angezündet. Schluchzend, heulend und nach Luft schnappend macht er auf dem Absatz kehrt und tritt mit allem, was sein E-Bike hergibt, wieder den Heimweg an. Im Vorgarten schmeißt er sein Fahrrad auf den Rasen und rennt ins Haus. Im Flur bleibt er vor dem Spiegel stehen, schaut sich kurz an und lässt sein

Spiegelbild mit der Faust in tausend Teile zerspringen: »AHHHH ICH HASSE DIESE WELT!«, kreischt er in den Raum, fällt in sich zusammen und bleibt mit blutender Hand vor dem Scherbenhaufen liegen. Unendlich viele Gedanken fliegen durch seinen Kopf. Als würde er vor einem schwarzen Loch im All stehen und hätte den einen Schritt zu viel gemacht, zieht es ihn in ein dunkles Nichts, ohne Chance, der Anziehungskraft zu entkommen.

Das Vibrieren seiner Hosentasche holt ihn aus der Schwebe zwischen Raum und Zeit. Chris ruft per Videochat an. Mit demolierter Hand nimmt er ab. Ohne eine Begrüßung brüllt er in sein Handy: »Junge! Ich hasse diese verfickte Welt und alles was dazu gehört. Laura ist ´n Miststück! Mama vögelt sich wahrscheinlich wieder in London durch die Gegend und Papa soll von mir aus genau da bleiben, wo er ist. Womit hab` ich das verdient Chris? Sag es mir bitte! Womit!?«

»Eh – klär mich auf, dann kann ich dein Leid vielleicht verstehen und teilen«, stammelt sein bester Freund verwirrt in den Hörer.

»Fuck stimmt, du hast ja noch gar nichts mitbekommen. Also, Laura hab´ ich vorhin am Bahnhof gesehen, wie sie Marcel die Zunge in den Hals gesteckt hat! Aber das ist bei weitem noch nicht das schlimmste.«

Angefangen bei dem Clubbesuch mit Laura, das SEK über Herrn Frei bis hin zu Daniela, schüttet Phillip sein Herz aus. Als Chris ihn wieder auf ein Stresslevel gebracht hat, mit welchem er klar denken kann, macht er einen Vorschlag: »Am besten du kommst nach Wien! Meine Eltern kennen dich und deine Eltern gut, die werden das verstehen. Ich muss am Donnerstag zwar noch eine Prüfung schreiben, aber dann sind ja Osterferien. Dem Jesus sei Dank!«

»Ganz ehrlich! Ich pack meine Sachen und komm. Ich muss weg von hier. Ich schau mal nach einem Flug.« Phillip wischt unter Schmerzen auf seinem Handy hin und her. Das Blut auf seinen Fingerknöcheln ist inzwischen so trocken, dass es abbröckelt.

»Morgen, 14 Uhr. 32 Euro. Sowas sollte verboten werden«, meckert Phillip.

»Jetzt beschwer dich nicht. Buch extra Gepäck dazu und komm rum. Ich klär das mit meinen Eltern.«

»Ankunft ist morgen Mittag um 15:25 Uhr«, sagt Phillip

»Perfekt! Nimm den Partyhut mit! Wir machen uns die Umstände schön«, grinst Chris in den Hörer.

»Alles klar. Danke schon mal und bis morgen«

»Kein Ding! Bis dann.«

Das Gesicht von Chris verschwindet von seinem Display. Im Bad verarztet Phillip seine Hand. Mit dem Verband um seine Knöchel packt er

Klamotten in den Handgepäckkoffer: »*Gut, dass ich endlich wegkomme aus dieser Drecksstadt.*« Da es schwierig ist, mit kaputten Fingern Maus und Tastatur zu bedienen, entscheidet er sich dazu, heute keine virtuellen Raubzüge zu begehen. Stattdessen liegt er mit bestelltem Essen auf dem Sofa und lässt sich von der Auswahl zu vieler Streaminganbieter unterhalten, bis er schließlich einschläft.

NEUN

Nach seinem Brunch, der überwiegend aus hartem Brot mit fast abgelaufenem Frischkäse besteht, schnappt sich Phillip seinen Rucksack und den Koffer, steckt die Haustürschlüssel ein und wandert los. Jeden Gedanken, der mit Laura und dem Bahnhof, welcher sein Ziel ist, zu tun hat, versucht er im Keim zu ersticken.

Einmal umsteigen und eine Podcastfolge später erreicht Phillip den Flughafen. Online eingecheckt muss Phillip durch die wenig besuchte Sicherheitskontrolle. Die schlecht gelaunte Frau winkt ihn durch den Metalldetektor. Phillip will am Ende eine Wanne in die andere stellen, als Kopfhörer in hohem Bogen auf den Boden fliegen. Von rechts kommt ein junges Mädchen, ungefähr in Phillips Alter, mit hellbraunen Haaren, riesiger Brille mit dünnen Rändern und langem schwarzen Mantel angeschossen.

»Die hab´ ich voll vergessen. Zum Glück sind sie runtergefallen«, sagt die Unbekannte peinlich berührt und streckt sich nach den Kopfhörern.

Phillip zuckt mit den Schultern.

»Danke auf jeden Fall.«

»Nichts zu danken«, meint Phillip einsilbig.

»Und wo geht's bei dir hin?«, fragt die Fremde.

Er schaut auf sein Handy.

»Gate 33.«

»Verrückt, du fliegst also auch nach Wien?«

»Sieht ganz danach aus«, meint Phillip unbeholfen und sucht nach einem Schild, das Gate 33 anzeigt.

»Wir müssen nach links«, sagt das Mädchen mit dem großen Nasenfahrrad, als ob es selbstverständlich wäre.

»Fliegst du öfter?«, fragt Phillip, da Schweigen unangenehmer wäre.

»Kann man so sagen. Mein Papa ist Politiker. Da kommt man leider häufiger dazu, den Klimawandel voranzutreiben, wenn man seinen Vater sehen möchte. Warum geht's bei dir denn nach Wien?«

»Wenn ich dir das erzählen würde, hättest du wahrscheinlich demnächst Besuch vom Bundeskriminalamt«, antwortet Phillip mit einem erzwungenen Lächeln.

»Oho«, meint sie lachend, »dann glauben wir das mal. Auf jeden Fall sind wir da.«

Am Schalter stehen schon einige Menschen zum Boarding an. Wortlos reihen sich die beiden ein.

Als sie schließlich die Ticketkontrolle hinter sich gebracht haben und im Flugzeug stehen, verabschiedet sich die spontane Reisebegleitung: »Mein Platz ist hier! Ich wünsche dir und damit auch mir einen guten Flug.«

»Wünsche ich ebenso«, entgegnet Phillip. Das Handgepäck verstaut, setzt er sich auf seinen Platz weiter hinten im Flugzeug.

Während die Sicherheitseinweisung in vollem Gange ist, kreisen seine Gedanken um die neue Bekanntschaft: *»Du bist so ein Vollidiot, Phillip! Das mit Laura kannst du eh vergessen. Warum bekommst du deinen Mund nicht auf? In einem Gespräch, wo du nichts zu verlieren hast. Idiot. Einfach lost.«* Den ganzen Flug zerbricht er sich den Kopf darüber, wie er sie nach der Landung anspricht, um nach ihrer Nummer zu fragen.

»Tochter von 'nem Politiker. Wie interessant kann ein Mensch bitte sein? Ich schau wie wir beide aus dem Flugzeug kommen und spreche sie an mit: Ich hab` vorhin was vergessen – sollen wir Nummern austauschen? Bin jetzt wahrscheinlich erstmal 'ne Zeitlang in Wien – Genauso mach ich es.«

Nachdem der Blechvogel gelandet ist und Phillip mit der Masse Richtung Ausgang strömt, macht er sich Mut: *»Sie wird einfach nicht nein sagen. Wieso sollte sie auch?«*

In der Halle mit den Gepäckbändern, steht sie da, mit dem Fuß wippend, Kopfhörer im Ohr und wartet auf ihren Koffer. Immer noch vom Wagemut gepackt, stellt sich Phillip neben sie. Ihr

Kopf dreht sich langsam und sie mustert ihn von den weißen Sneakern, über die schwarze Übergangsjacke, bis sich ihre Blicke treffen.

»Da bist du ja wieder. Ohne Turbulenzen macht ein Flug einfach keinen Spaß«, kommt über ihre frisch nachgezogenen Lippen. Dabei zieht sie sich die Kopfhörer aus den Ohren.

»Ich bin immer ganz froh, wenn es nicht so wild ist«, antwortet Phillip.

»Wie heißt du eigentlich?«, fragt sie.

»Phillip, und du?«

»Ich bin die Claire. Freut mich.«

»Mich auch. Wie kommst du denn in die Stadt?«, fragt Phillip leicht verkrampft.

»Der Fahrer von meinem Dad holt mich ab. Aber leider darf ich aus Sicherheitsgründen niemanden mitnehmen«, sagt Claire, während sie ihren Koffer vom Band zerrt.

»Ok ja, ich fahr mit dem Zug, gar kein Stress. Wollen wir vielleicht Nummern oder so austauschen? Ich bin jetzt vermutlich erstmal ´ne Weile in Wien und kenn` so gut wie niemanden hier«, sagt Phillip, als ob er es einstudiert hätte.

»Das können wir gerne machen.«

Die Kontaktdaten wechseln den Besitzer und Claire verabschiedet sich: »Ich muss jetzt wirklich los. Hat mich gefreut, Phillip! Komm gut in die Stadt!«

»Du auch«, antwortet Phillip.

Zufrieden mit seiner Leistung tippt Phillip die Adresse von Chris ins Navi und macht sich auf den Weg zum Bahnhof.

Eine Dreiviertelstunde später zeigt der blaue Strich auf seinem Handy an, dass das Ziel erreicht ist. Er steht vor einem vierstöckigen Haus, welches schon einige Jahrhunderte alt sein muss. Wohnungen mit hohen Decken und Verzierungen an den Hausfassaden geben der ganzen Wohngegend ihren königlichen Zauber. Er klingelt. Der Türöffner vibriert und öffnet zwei hölzerne Flügeltüren. Phillip tritt ein. Als das mit Stuck verschönerte Treppenhaus mit einem Schild den zweiten Stock anzeigt, wird er von Chris und seinem Vater begrüßt.

Mit Tee auf dem Tisch betet Phillip nochmal alles runter. Von Anfang bis Ende. Erhardt, der Vater von Chris, hält es auch für das Beste, dass er erstmal in Wien bleibt. Von ihm aus auch auf unbestimmte Zeit. Das Thema Schule muss in den Osterferien geklärt werden.

»*Jetzt geht wirklich ein neues Kapitel los!*«, seufzt Phillip in sich hinein.

»Schlafen kannst du bei Fabienne im Zimmer. Seitdem sie ausgezogen ist, nutzen wir es für Gäste. Und heute Abend laden wir dich zum Essen ein. Damit auf die Knochen mal was drauf kommt«, meint Erhardt, während er das Geschirr vom Tisch räumt.

»Ich weiß gar nicht wie ich euch danken kann. Das ist nicht selbstverständlich und ich hätte echt nicht gewusst, was ich sonst hätte tun sollen. Tausend Dank!«

Ehrlicher hätten die Worte aus Phillips Mund nicht sein können.

»Alles andere wäre doch unterlassene Hilfeleistung. Und Freunden – oder eher Familie – hilft man. In guten wie in schlechten Zeiten. Und du Chris, klemmst dich jetzt noch bisschen hinter die Latein-Vokabeln? Morgen ist doch Prüfung, wenn ich das richtig auf dem Schirm habe.«

»Ich geb` mein Bestes«, meint Chris grinsend und steht vom Tisch auf, »na komm Phil, wir gehen in mein Zimmer.«

»Ich sag es dir Kollege Schnürschuh. Wenn da wieder eine Vier steht, streich ich dir das Taschengeld«, sagt Erhardt mit drohendem Unterton.

»Dann fang ich halt an, Drogen zu verkaufen«, wirft Chris in den Flur und schließt seine Zimmertür.

Bis es Zeit ist, zum japanischen Essen aufzubrechen, setzt sich Chris mit Deklinationen in der Sprache des alten Roms auseinander, während Phillip am Computer mit einem gestohlenen Auto in das Schaufenster von einem Juwelier brettert.

Nach dem Sushi schlendern Phillip, Chris und seine Eltern mit vollem Bauch durch die Gassen Wiens nach Hause.

»Schon merkwürdig. Grade noch im freien Fall gewesen. Jetzt stehen die Chancen ganz gut, nicht ungebremst aufzukommen«, grübelt Phillip sorgloser, als er endlich mit geschlossenen Augen im Bett liegt.

Das Erste, was er sieht, nachdem er die Augenlider aufschlägt, sind Fotowand und Lichterketten, welche die Wände dekorieren. Als Phillip über das Fischgrätparkett durch die Wohnung schlappt, merkt er, dass niemand zuhause ist.

»Normale Menschen haben auch einen Job oder Termine an einem Donnerstagvormittag. Chris hat gemeint, dass er bis um 15 Uhr Schule hat. So lange muss ich mich wohl noch beschäftigen.«

Er nimmt sich Erhards Worte zu Herzen und fühlt sich wie zuhause. Nach einem Avocadobrot mit Rührei, tippt er ″Sehenswürdigkeiten Wien″ in die Suchmaschine auf seinem Laptop. Mit einer Flasche Wasser in der Hand, macht er sich auf den Weg in die Stadt.

Bei leichtem Nieselregen drängt Phillip sich durch Touristengruppen, die trotz der Wetterverhältnisse in Scharen unterwegs sind. Während er durch den ersten Bezirk schlendert, denkt er darüber nach, wie das königliche Leben in der Hofburg gewesen sein muss: »*Die Kutsche ist immer noch ein beliebtes Fortbewegungsmittel. Zumindest für Besucher.*«

Gebäude links und rechts, von denen eins majestätischer aussieht als das andere. Als er über den achsensymmetrischen Heldenplatz schlendert, welchen auf jeder Seite zwei überdimensionale Statuen von Männern auf Pferden schmückt, vibriert sein Handy. Nachricht von Chris:

Chris
Wo steckst du denn? Soll demnächst anfangen übel zu kübeln :(

Die Uhr zeigt 15:35 Uhr an.

Phillip
Bin noch beim Touriprogramm. Aber mach mich jetzt auf den Weg.

Klatschnass vom Frühlingsregen kommt Phillip bei Chris zuhause an. Nach einer Dusche verbringen die zwei den restlichen Donnerstag damit, Geiseln in Schach zu halten und Fluchtwagen zu fahren. Die Jungs aus dem Clan sind mit von der Partie. Als sie endlich ins Bett kommen, hat der Mond schon lange die Sonne abgelöst.

ZEHN

Seit einigen Nächten hat Phillip mal wieder durchgeschlafen. Die Backofenuhr zeigt 11:24 Uhr an, als er in der Küche steht und den Kühlschrank plündert. Während das Frühstück seine Speiseröhre runterwandert, macht er sich schlau, unter welchen Voraussetzungen man als Minderjähriger nach Österreich einwandern kann. Tief in Paragraphen versunken klingelt sein Handy. Chris ist am anderen Ende der Leitung.

»Jo, du Landratte! Es ist Freitag und ich hab` Osterferien. Lass uns darauf anstoßen in einem Café meiner Wahl.«

»Du willst mit Kaffee anstoßen? Na gut, von mir aus«, entgegnet Phillip verwirrt.

»Du musst noch vieles lernen, Kollege. Wie dem auch sei. Wir treffen uns in 20 Minuten im ›Bierbrunnen‹. Keine Ausreden«, würgt Chris ihn ab und beendet das Gespräch.

Bierbrunnen – komischer Name für ein Café«, denkt sich Phillip, klappt den Laptop zu und macht sich auf den Weg.

Mit zehnminütiger Verspätung kommt er am Treffpunkt an.

»Sorry. Ich hab` die U-Bahn zwei Stationen in die falsche Richtung genommen«, entschuldigt sich Phillip.

»Ja, das Leben in der Stadt kann manchmal fordernd sein«, begrüßt ihn Chris, der vor der Kneipe wartet. Als die beiden den Innenraum betreten, wird schnell klar, dass hier nicht die High Society verkehrt. Der Boden klebt, das Licht ist spärlich und die Fenster sind mit nikotingelben Vorhängen abgehängt. Unverständlicher Rock klimpert aus den Boxen und das Publikum an der Bar sieht so aus, als ob es schon seit dreißig Jahren dort sitzt. Chris setzt sich an einen der Tische. Phillip sich gegenüber.

»Gehst du hier öfter hin?«, fragt Phillip verwundert.

»Nö, aber ich schreib über den Schuppen einen Blogeintrag. Von dem Blog hab` ich doch erzählt, oder?«, antwortet Chris zweifelnd.

»Ja, ja hast erzählt. Schulprojekt. Die Gastronomie von Wien auf einer Social-Media Plattform darstellen, habe ich mir irgendwie anders vorgestellt.«

»Ja, ich bin für die Bars zuständig. Die anderen machen Restaurants«, meint Chris schmunzelnd.

Inzwischen das dritte Bier auf dem Tisch, kommen sie auf das Thema Laura zu sprechen:

»Weißt du, Mama hat diesen Luxus geliebt, den Papa ihr geben konnte. Was ist, wenn das bei Laura auch so ist? Sie hat mich auf der Party auf den teuren Wein angesprochen. Ich hatte einen Pulli an, der 700 Euro kostet. Und so wie ich sie kenn`, weiß sie das auch. Außerdem ist unser neues Haus stadtbekannt. Und jetzt, als sie gesehen hat, wie sich alles in Luft auflöst, will sie nichts mehr mit mir zu tun haben. Weißt du, was ich meine?«

»Klar, ich verstehe dein Misstrauen. Aber nur, weil deine Mutter so ist, kannst du nicht auf jede Frau schließen. Sie will doch Jura studieren, hast du gemeint. Demnach ist sie ja ambitioniert. Und wenn ich wegen dir halb nackt von der Spezialeinheit mit Kabelbindern gefesselt worden wäre, hätte ich dich auch blockiert. Mach dir mal nicht so´n Kopf. Außerdem gibt es noch 3,5 Milliarden andere Mädchen auf dieser Welt«, antwortet Chris.

»Wahrscheinlich hast du recht. Beim Thema andere Mädchen fällt mir ein, dass ich am Flughafen ein Girl kennengelernt habe. Die wohnt in Wien. Ich schreib ihr mal, was sie heute Abend macht.«

»Siehst du! Es geht voran. Letztes Mal musste ich dich noch überreden, dass du jemanden anschreibst. Jetzt klärst du schon Nummern am Flughafen.«

Die Sonne taucht die Jugendstilbauten Wiens in ein orangenes Licht, als Chris und Phillip angetrunken aus dem Bierbrunnen stolpern. Am nächsten Würstelstand machen die beiden halt. Während sie bei Dosenbier auf ihre Wurst warten, antwortet Claire auf Phillips Nachricht:

Claire
Hello Phillip! Sind heute auf ner Geburtstagsparty. Gut angekommen in Wien?

»Frag sie auf jeden Fall, ob wir auch vorbeikommen können«, sagt Chris, der mitgelesen hatte.
»Ich weiß nicht – die kennt mich ja gar nicht richtig«, druckst Phillip rum.
»Ouh mahn«, stöhnt Chris, nimmt ihm das Handy aus den Fingern und tippt:

Phillip
Ist auf der Geburtstagsparty noch Platz für zwei Burschen? Bin super angekommen:) Wien ist wunderschön!

»So macht man das«, sagt Chris zufrieden und gibt Phillip sein Handy zurück.
»Hoffentlich klappt das«, antwortet Phillip zögerlich.
»He, ihr Pappnasen! Eurer Essen ist fertig«, pfeift der stark übergewichtige Mann in weißer Schürze hinter dem Tresen hervor.

Mehr oder weniger gestärkt setzen sie ihren Spaziergang durch die Stadt fort. Links und rechts ragen Altbauten empor. Das Ziel des Fußmarsches war die nächste Bar auf Chris' Liste, genannt ›Storno‹. Als Phillip grade die Tür öffnen möchte, um hineinzugehen, vibriert sein Handy. Eine Nachricht von Claire bringt das Display zum Leuchten.

Claire
Freut mich, dass es dir hier gefällt. Wenn ihr wirklich nur zu zweit seid, könnt ihr vorbeikommen. Riedberggasse 17 :) Bis später!

Die Uhr zeigt 20:03 Uhr an.
»Spitze! Dann trinken wir noch zwei Bier hier«, freut sich Chris. In der Bar waren zwei Siebzehnjährige völlig fehl am Platz. Sie sind inmitten einer After-Work-Party von Menschen jenseits der Dreißig gelandet. Männer und Frauen in Businessklamotten flirten am Tresen und für die Innenausstattung hatte ein Architekturbüro viel zu viel Budget.
»Das komplette Gegenteil zu vorhin. Hier koksen sich bestimmt alle die Birne weg«, flüstert Chris Phillip ins Ohr.
»Denkst du, wir bekommen hier 'nen Wodka?«, fragt Phillip verunsichert.
»Auf jeden Fall«, lacht Chris.

»Zwei Wodka Soda bitte«, bestellt Chris, als sie an der Reihe waren.

»Kommen sofort«, antwortet der Barkeeper.

Zweiunddreißig Euro leichter suchen Phillip und Chris nach einem Platz. Fündig werden sie auf einer Designercouch direkt am Fenster, durch welches man eine vielbefahrene Straße beobachten kann.

»Also in Punkto Preise bekommt der Laden eine Sechs Minus«, meint Chris angefressen.

»Naja, wir sind auch Siebzehnjährige, die zur Schule gehen. Der Rest in dem Laden hat 'n Jahresgehalt, bei dem dir wahrscheinlich schlecht wird.«

»Auch wieder wahr.«

Nachdem Chris ausgiebig über seinen Blog philosophiert hat und aus einem Wodka Soda zwei geworden sind, bestellen sie sich ein Uber zur Party. Am Ende der Fahrt durch das nächtliche Wien stehen die beiden irgendwo am Stadtrand vor einem Tor. Daneben eine beleuchtete Siebzehn. In der Ferne waren Musik und Stimmen zu hören.

»Ist da offen?«, fragt Chris.

»Warte, ich versuch es«, sagt Phillip und drückt gegen die drei Meter hohe Stahltüre.

Laut quietschend geht es auf.

»N' Tropfen Öl könnte sie vertragen«, meckert Chris.

»Schau dir lieber mal das an«, sagt Phillip mit staunenden Augen.

In der Hofeinfahrt steht ein alter, rostiger Dodge Challenger.

»Innen sieht er aber aus wie frisch vom Fließband«, zischt Chris, als er durch das Fenster schaut.

Hinter der steilen Auffahrt wird deutlich, auf was für einem Anwesen sie sich befinden. Ein riesiges Haus ragt über den beiden empor. Nicht schick, sondern elegant wirkt es, als die beiden darauf zulaufen. Sie folgen dem Schild "Zur Party". Als sie schließlich die Rasenfläche neben dem Gebäude erreichen, treffen sie etwa fünfundzwanzig Menschen an. Einige haben sich um die Tischtennisplatte versammelt, auf der Bierpong gespielt wird.

»Hello und willkommen auf Rubens Geburtstagsparty. Soll ich euch zeigen wo die Getränke sind?«, begrüßt sie ein stark geschminktes Mädchen mit blondierten Haaren.

»Auf jeden Fall! Dafür sind wir hier! Nettes Anwesen«, meint Chris frech. Sie führt die beiden hinter das Haus und zeigt auf einen kleinen aufblasbaren Pool. Dieser ist randvoll mit Eis und Getränken aller Art.

»Also, hier könnt ihr euch bedienen. Ich wünsche viel Spaß«, sagt Barbie und macht sich aus dem Staub.

»Hier«, meint Phillip und reicht Chris ein Dosenbier, »lass uns doch mal schauen was die Bude so zu bieten hat und dann suchen wir Claire.«

Einen Rundgang durch den hauseigenen Weingarten, hin zur Feuerstelle, über den Gemüsegarten und durch den Meditationsraum im unteren Stockwerk später, stehen sie auf der Terrasse vor dem Haus.

»Wer seid ihr, wenn ich fragen darf?«, kommt eine ruhige Stimme von der Seite.

»Ich bin Chris und das ist Phillip. Und wer bist du?«

»Ruben. Der Gastgeber«, antwortet der Unbekannte mit Haaren zum Zopf gebunden freundlich.

»Ah, alles Gute zum Geburtstag! Claire hat uns eingeladen. Ich hoffe das geht in Ordnung?«, fragt Phillip angeheitert.

»Danke, Danke! Passt schon, Claire hat Bescheid gesagt. Ich glaub sie ist unten am Pool.«

»Ach, das ist gar nicht der Keller mit dem Meditationsraum«, fragt Chris verwundert und zeigt auf den Boden.

»Der erste Stock, wenn man so will. Die Treppe hinten am Haus geht runter zum Pool«, antwortet Ruben.

»Alles klar! Danke für die Gastfreundschaft«, sagt Chris euphorisch auf dem Weg in die Villa.

Unten angekommen, mit kurzem Boxenstopp in der Umkleide, erwartet sie ein Bad wie im alten Rom. Marmorsäulen an den Ecken und das dampfende Becken zaubern einen zweitausend Jahre in die Vergangenheit. In Gästebadehose und mit Bierdose in der Hand stehen die Zwei verloren am Rand und schauen in den offenen Raum. Auf den Liegen sitzen Leute rauchend und im Pool wird wild rumgetobt.

»In Neustadt landet man nicht auf solchen Partys, oder?«, stichelt Chris.

»Naja, wenn ich selbst eine schmeißen würde, könnte das ähnlich aussehen«, kontert Phillip grinsend, »ich glaube dahinten ist Claire.«

Phillip läuft an der der linken Seite des Pools entlang auf ein Mädchen zu, das sich am Beckenrand abtrocknet.

»So sieht man sich wieder«, lallt Phillip als er sich sicher ist, das Claire vor ihm steht. Ihre riesige Brille ist beschlagen.

»Hallo. Schön, dass ihr da seid. Ist ja ganz nett hier, oder?«, sagt Claire mit einem Lächeln.

»Lässt sich auf jeden Fall aushalten. Das ist übrigens Chris, mein bester Freund«, sagt Phillip.

»Ist mir eine Ehre«, sagt Claire und hält ihm die Hand hin.

»Die Freude ist ganz meinerseits«, sagt Chris händeschüttelnd.

»Da drüben sitzen meine Leute. Kommt ihr mit?«, fragt Claire.

»Safe!«

An den Liegen stellt Claire die beiden vor. Es sitzen acht Anfang zwanzigjährige Mädchen und Jungs in der Runde, trinken Sekt und kiffen. Nach einer kurzen Vorstellungsrunde wird Phillip von der Gruppe gezwungen die Geschichte vom Flughafen zu erzählen.

»*Woher kam das denn bitte?*«, fragt Phillip sich nachdem er fertig geredet hat, »*klar bin ich nicht mehr nüchtern. Früher hatte ich tagelang Angst vor jeder Präsentation.*«

»Wie alt seid ihr denn?«, fragt einer von Claires Freunden.

»Beide neunzehn. Haben letztes Jahr Abi gemacht. Und ihr?«, lügt Chris.

»Auch. Die meisten von uns haben grade das erste Semester hinter sich«, antwortet der Junge.

Während Chris irgendwelche erfundenen Geschichten über das deutsche Abitur aus dem Hut zaubert, haben Phillip und Claire sich in den Pool verzogen. Sie treibt auf einer riesigen aufblasbaren Ananas, während er sich den rosa Flamingo ausgesucht hat.

»Hätte nicht gedacht, dass wir uns so schnell wieder sehen«, grinst Phillip.

»Ich auch nicht. Alleine, dass wir in dasselbe Flugzeug mussten, ist völlig verrückt«, sagt Claire und hält Phillip ihr Sektglas hin, da er sein Bier schon leer hat. Unkoordiniert nimmt er es entgegen.

Nach einer Unterhaltung über vergangene Erlebnisse an Flughäfen, Wien und Phillips Heimat verlassen sie die bunten Luftmatratzen und machen sich auf den Weg zur Umkleidekabine. Chris und die anderen hatten die Badesaison schon vor einer Weile für beendet erklärt und den Weg nach oben gefunden.

ELF

Phillip steht in seinen Klamotten vor der kleinen Herrenkabine und rubbelt sich die Haare trocken, als Claire in enger Jeans und weißer Bluse, vor ihm auftaucht und vorsichtig in eine Richtung nickt. Verwundert folgt er ihr, bis in die Sauna. Claire macht das Licht an und schließt die Türe.

»Ich weiß nicht, ob wir hier sein sollten«, flüstert Phillip zurückhaltend.

»Ruben ist das völlig egal. Und seinen Eltern ist Ruben egal. Halt das mal«, sagt Claire in normaler Lautstärke und hält Phillip ihr Handy hin. Völlig durcheinander steht Phillip da, mit dem Smartphone in der Hand, während Claire ein kleines Briefchen aus ihrem Geldbeutel zieht, es auffaltet und mit einer Karte weißes, flockiges Pulver auf das Display schaufelt.

»Ich hoffe, dein Vater ist nicht beim Bundeskriminalamt«, sagt Claire schmunzelnd, nachdem sie konzentriert zwei Lines gelegt hat und einen Fünfzigeuroschein rollt.

»Ne, auf der anderen Seite tatsächlich«, antwortet Phillip trocken.

»Man sollte meinen, meiner ist auf der richtigen. Das Gegenteil ist der Fall«, sagt Claire und zieht die Hälfte des Pulvers die Nase hoch, nimmt Phillip das Handy ab und gibt ihm den Schein in die Hand.

Ein Nasenloch zuhalten und durch das andere einfach einatmen. Hast im Fernsehen schon hundertmal gesehen.«

Wackelnd drückt er den Schein auf das Display und sieht sich selbst darin gespiegelt. Korn für Korn fliegt das Kokain gegen seine Nasenscheidewand. Am Ende der Line spürt er, wie eines der Körner ihn kitzelt. Er dreht sich weg zum Niesen.

»Passiert den besten«, sagt Claire schmunzelnd, wischt mit ihrem Finger den Rest vom Bildschirm und reibt ihn sich aufs Zahnfleisch, »na komm. Wir holen uns was zu trinken, bevor es den Rachen runter läuft.«

Mit tauber Nase greift Phillip in den Pool hinter dem Haus und zieht ein Bier heraus.

»Gibst du mir auch eins?«, fragt Claire.

Phillip nimmt ein zweites und reicht es ihr.

»Dankeschön«, sagt sie und zieht sich kräftig die Nase hoch, »wollen wir tanzen gehen? Dancefloor ist im ersten Stock.«

»Unbedingt!«

»Spür ich schon was?«

Sie gehen die Treppe hoch. Je mehr Stufen sie hinter sich lassen, umso mehr vibriert der Handlauf. Aus den Boxen kommt amerikanischer Rap. Im Wohnzimmer wurde das Sofa an die Wand gestellt und hat somit Platz für die Musikanlage geschaffen, die am Ende des Raumes steht. Das im Jugendstil eingerichtete Zimmer, mit Holzschränken und dunklem Fischgrätparkett, war vollgestopft mit Kunst, Büchern und etwa dreißig betrunkenen Jugendlichen. Viele der Mädchen tragen Abendkleider und versuchen, in ihren hohen Schuhen die Balance zum Beat zu halten. Bei den Jungen waren Polohemden und Chinohosen im Trend. Claire und Phillip drängen sich durch die Menge und bleiben mittendrin stehen. Phillip schaut links und rechts in den Raum. Arm in Arm hüpft die Gruppe neben ihm, während grade der Refrain kommt.

»Wenn ich auf Techno tanzen kann, dann auch auf Hip-Hop.«

Im Autopilot fangen seine Beine an, sich zu bewegen.

»Es kann so einfach sein. Alles kann so einfach sein.«

Lied für Lied bewegt sich die Menschenmenge. Die meisten Songs kennt Phillip nicht, im Gegensatz zu den anderen, die laut mitgrölen. Claire steht vor ihm, als er von der ausrastenden Menge nach vorne gedrückt wird und sich an ihren Schultern festhalten muss. Verwirrt dreht sie sich um. Doch als sie sieht, wer fast in sie reingeflogen wäre, grinst sie Phillip an.

»*Laura. Tanzfläche. Marcel. Bahnhof. Gin Tonic. Roter BH. SEK. Daniela. Herr Frei.*«

Stocksteif bleibt Phillip stehen. Er schüttelt sich einmal, in der Hoffnung, dass die Erinnerungen damit sein Gedächtnis verlassen.

»Alles in Ordnung?«, fragt Claire mit gerunzelter Stirn. Phillip versteht sie kaum und deutet an, dass er nach draußen gehen will. Claire folgt ihm.

Wortlos stehen sie nebeneinander auf der Terrasse und schauen hinunter in die Einfahrt, auf das rostige Auto.

»Was war denn los?«, fragt Claire vorsichtig in die Stille.

»Weißt du«, fängt Phillip an und muss schlucken, »manchmal überkommen einen die falschen Gedanken am falschen Ort.«

»Hat es was mit dem Bundeskriminalamt zu tun? Keine Angst, ich werde kein Wort sagen.«

»Danke. Die Sache ist ein Teil davon, ja. Es ist alles nicht so einfach zu erklären und ehrlich gesagt, will ich auch nicht darüber reden. Du musst dir aber keine Sorgen machen. So wie es aussieht ist ein Berg in Sicht, den es hinauf geht«, sagt Phillip emotionsvoll. Dabei zittert er am ganzen Körper.

»Ehm, tut mir leid, dass es bei dir nicht so läuft wie es soll«, druckst Claire herum, »wollen wir ans

Lagerfeuer gehen? Da kannst du dich ´n bisschen aufwärmen.«

»Gute Idee! Auf dem Weg vielleicht noch kurz am Pool vorbei. Ich brauch was Starkes.«

Mit einem roten Becher, gefüllt mit Whisky Cola und einer Decke um die Schultern, sitzen Phillip und Claire am Feuer und schauen in die Flammen. Die Flasche mit dem braunen Schnaps ist unter dem Stuhl geparkt.

»Ist schon komisch, oder? Sowohl das Feuer als auch das Meer haben was tief Verankertes im Menschen. Es wäre so komisch, dazusitzen und nicht reinzuschauen«, sagt Phillip mit ruhiger Stimme.

»Da hast du wohl recht. Müsste man mal ein Buch darüber lesen, warum das so ist«, sagt Claire.

»Man müsste so viele Bücher lesen, um so vieles zu begreifen. Zum Glück sind wir noch jung und haben alle Zeit der Welt«, sagt Phillip, die Aussprache vom Alkohol gezeichnet. Betrunken philosophieren die beiden über das Leben, die Politik und Freundschaften.

Einige Becher später will Phillip aufstehen, um die Toilette aufzusuchen. Als er den ersten Schritt macht, merkt Phillip wie betrunken er ist. Am Feuer vorbeibalanciert, versucht er einen Fuß vor den anderen zu setzen, bis er schließlich langgestreckt auf der Wiese landet. Sofort eilt Claire zu Hilfe.

»Alles gut?«

»Alles gut«, grummelt er und versucht aufzustehen.

»Setz sich erstmal wieder hin«, sagt Claire, während sie ihm aufhilft.

»Geht schon«, sagt Phillip und lässt sich wieder in den Stuhl fallen.

»Ich glaube die anderen sind drin. Ich hol mal Chris. Bleib einfach genau dort sitzen.«

»Wo soll ich auch hin?«, antwortet Phillip gerade noch verständlich.

Nach einiger Zeit kommt Claire mit Chris ans Lagerfeuer. Phillip schnarcht vor sich hin.

»Was hast du denn mit dem angestellt?«, fragt Chris und wischt auf seinem Handy rum.

»Ihr kamt ja schon völlig betrunken hier an. Da hat nicht mal mehr das Weiße was geholfen.«

»Aha. So so. Ich ruf uns jetzt auf jeden Fall mal ein Uber. Und danke, dass du dich um ihn gekümmert hast. Hab gar nicht gemerkt, dass er so fertig ist«, sagt Chris.

»Ja gerne! Ihr seid so zwei Chaoten«, meint Claire lachend.

»Das kann man so sagen. Das Uber braucht neun Minuten. Wollen wir zusammen versuchen den Patienten nach unten zu bekommen?«

»Ja, versuchen wir es.«

Jeder Versuch Phillip zu wecken scheitert, weshalb sie ihn aus dem Stuhl ziehen. Wie ein nasser Sack hängt er zwischen beiden Schultern und lässt sich zum Tor runterziehen. Bis sie endlich an der Straße angekommen sind, steht das Auto schon da. Phillip wird auf der Rückbank platziert.

»Danke für die Einladung. Und entschuldige bitte den schlechten ersten Eindruck«, sagt Chris, während er die Beifahrertür aufmacht.

»Kein Ding. Und so schlecht war der Eindruck nicht. Ich hoffe, er kann sich noch dran erinnern. Wenn nicht, kannst du ihm gerne sagen, dass ich mich melden werde. Kommt gut nach Hause«, verabschiedet sich Claire.

»Ciao und viel Spaß noch.«

Das Uber fährt los. Bis das Auto am Ende der Straße nicht mehr zu sehen ist, bleibt Claire stehen und schaut hinterher.

ZWÖLF

Ein Poltern an der Tür zerrt Phillip aus dem Schlaf. Immer noch mit Hochprozentigem in der Blutbahn grummelt er: »Herein« in sein Kissen. Als er sieht, wer den Fensterladen aufmacht, wird er schlagartig hellwach.

»Was machen Sie denn hier?«, fragt er verdutzt. Sein Kopf dröhnt. Herr Frei steht diesmal nicht im Polohemd, sondern im italienischen Maßanzug vor ihm.

»Hast du nicht gehört, was der Herr von der Polizei gesagt hat? Nicht die Stadt verlassen. Na los, raus aus den Federn«, meint der Anwalt, als ob er es eilig hätte.

»Geben sie mir zehn Minuten«, sagt Phillip völlig verkatert.

»Du hast sechs. Ich warte unten«, antwortet Herr Frei im Hinausgehen. Phillip packt seine Sachen zusammen, verabschiedet sich von Chris und bedankt sich bei dessen Eltern. Er taumelt die Treppe runter und steigt in den silbernen SUV, der mit laufendem Motor vor dem Haus wartet.

Wortlos fahren sie stadtauswärts. Phillips Kopf fühlt sich an, als ob ein Bagger darin Abrissarbeiten durchführen würde. Die letzte Nacht steckt ihm sichtbar in den Knochen.

»Schlaf nochmal 'ne Runde. Die Fahrt dauert ein bisschen.« In seinem Kopf fragt Phillip Herrn Frei, was das soll. Doch er hat keine Energie, um die Lippen zu bewegen. Völlig fertig schläft er auf dem Beifahrersitz ein.

Sie haben die Autobahn bereits verlassen, als Phillip die Augen wieder aufmacht.

»Wir sind demnächst da«, begrüßt ihn der Anwalt.

»Wohin fahren wir denn?«, fragt Phillip, nachdem er sich kurz sortiert und gestreckt hat.

»Siehst du dann«, antwortet Herr Frei trocken. Fünf wortlose Minuten später kommt das Auto vor einer Schranke zum Stehen. Links und rechts erstreckt sich meterhoher Stacheldrahtzaun. Der Anwalt zeigt die beiden Pässe vor und die Schranke öffnet sich. Er lenkt den Wagen über eine riesige geteerte Fläche. Der weiße Punkt am Horizont kommt immer näher, bis Phillip sieht, wo sie sind. Neben ihnen taucht ein doppeltüriger Hangar auf, in dem ein kleines Flugzeug geparkt ist. Ein anderes steht mit heruntergelassener Treppe einige Meter davor. Daneben hält Herr Frei den Wagen.

»Na komm. Der ist für uns.«

Phillip holt seine Tasche aus dem Kofferraum und betritt die kleine Maschine.

»Was zur Hölle ist hier los?«

»Die Reisehöhe wurde erreicht und die Gurte können gelöst werden«, krächzt der Kapitän in sein Mikrofon.

»Also Phillip«, bricht der Anwalt das Schweigen, »ich will dich nicht beunruhigen, aber es steht nicht gut um deinen Vater. Fünf Jahre mindestens. Eher sieben. Das mit deiner Mutter ist auch nicht sonderlich gut aus gegangen, habe ich gehört.«

»Wär´ ich sonst nach Wien abgehauen?«, brüllt Phillip ihn an, das Gesicht mit Tränen geflutet.

»Ich weiß, dass das alles schwer für dich sein muss. Niemand in deinem Alter sollte beide Elternteile so verlieren.«

»Sie haben keine Ahnung!«, schreit ihm Phillip noch lauter ins Gesicht.

»Nein, die habe ich wirklich nicht. Aber was ich weiß, dass du ein verdammt helles Köpfchen bist und sowohl ich, wie auch dein Vater in dir sehr großes Potenzial sehen. Du bist siebzehn Jahre alt und hast dein ganzes Leben noch vor dir. Und hiermit lebt es sich ein bisschen einfacher.«

Herr Frei greift in die Tasche seines Sakkos und holt einen Zettel mit einem Gummiband drumherum heraus.

»Was ist das?«, fragt Phillip schluchzend.

»Lies!«, fordert der Anwalt ihn auf.

Das Blatt Papier war mit dem Gummi um einen USB-Stick gewickelt. Phillip atmet zweimal tief durch, faltet es auf und liest leise vor sich hin:

Lieber Phillip,

leider kann ich das Geschehene nicht rückgängig machen und die Zeit, die vor uns liegt, nicht vorspulen. Es tut mir unendlich leid. Nach der Verhandlung kannst du mich besuchen kommen. Falls du es am Anfang noch nicht schaffst, weißt du trotzdem, wo du mich findest. Halte dich an Nils. Er wird dir weiterhelfen mit allem, was du brauchst. Genauso wie das hier dir weiterhelfen wird. Es klebt kein Blut daran und du kannst es guten Gewissens verwenden. Code ist dein Geburtsdatum. Ändere ihn am besten.

Ich vermisse dich und hoffe, wir können irgendwann über alles sprechen.

In Liebe

Vater

»Weißt du, was das ist«, fragt Herr Frei. Phillip ringt um Luft, »Phillip, ich frage dich nochmal. Weißt du…«
»Ja, ich weiß, was das ist.«
»Und was ist das?«

»Ein Cold Wallet. Ein USB-Stick, auf dem man Kryptowährungen speichern kann«, sagt Phillip flacher atmend.

»Gut. Ich weiß wie viel Geld da drauf ist und bin mir nicht ganz sicher, ob du in so jungen Jahren damit umgehen kannst. Dein Vater meint, ich brauche mir da keine Sorgen zu machen.«

»Jetzt geben sie mir schon ihren Laptop ich will es wissen«, sagt Phillip beruhigter. Er steckt den Stick in den Laptop und tippt sein Geburtsdatum ist das Passwortfeld. Als die Summe auf dem Bildschirm angezeigt wird, klappt er den Laptop schlagartig zu.

»Nicht euer Ernst«, ruft Phillip mit aufgerissen, verquollenen Augen.

»Da… da… das sind acht Millionen«, stottert er.

»Und das Haus in Neustadt darfst du auch behalten. Es gehört dir, sobald du achtzehn wirst. Ich kann dir nur raten, dass du dich bis zu deinem Abitur unauffällig verhältst und die Blicke in der kleinen Stadt erträgst. Das mit dem Sorgerecht lass mal meine Sorge sein. Danach gehört die Welt dir. Vielleicht schaust du dir mal das Studium der Wirtschaftsinformatik genauer an. Und falls du irgendwann mal einen Praktikumsplatz brauchst, meine Nummer hast du ja.«

»Dankeschön. Sie werde ich offensichtlich nicht so schnell wieder los«, sagt Phillip reizüberflutet.

»Klingt zwar übel, aber das ist mein Job. Und 'nenn mich einfach Nils«, antwortet Herr Frei lächelnd.

Die neunzig Minuten in der Luft vergehen wie im Fluge und sie setzen zur Landung an. Mit festem Boden unter den Füßen steigen sie in den Aston Martin des Anwalts, welcher neben der Treppe des Flugzeugs schon bereitsteht. Beeindruckt setzt Phillip sich auf den Beifahrersitz.

Als sie die Wohnsiedlung, in der die Glaser Villa steht, erreichen, meint Herr Frei: »Ich hoffe, du drehst wegen des Geldes nicht völlig durch.«

»Ich versuch, es zu vermehren oder schau, dass es auf jeden Fall nicht weniger wird. Versprochen«, meint Phillip zuversichtlich.

»Falls du irgendwelche Fragen hast, kannst du dich wirklich immer bei mir melden. Und eins noch. Im Haus wartet jemand. Bei der hast du noch was gutzumachen. Und damit entlasse ich dich erstmal in dein Leben.« Dankend steigt Phillip aus dem Auto aus.

»Bis bald Nils.«

»Bis bald Phillip.«

Mit brüllendem Motor biegt das Auto aus der Straße.

Schlotternde Knie und zittrige Finger erschweren das Aufsperren der Türe. Phillip wirft seine Taschen in den Flur und läuft langsam in den Wohnbereich. Als er sieht, wer am Esstisch sitzt, bleibt er stehen und bringt kein Wort raus.

»Ich glaub`, wir sollten reden«, sagt Laura in undefinierbarem Ton.

DANKE

Eine berühmte deutsche Politikerin hat mal gesagt, dass man ein Buch niemals alleine schreibt. Und das war hier auch der Fall. Deshalb möchte ich zuallererst meiner Mutter danken, welche sich schon durch die ersten Rohfassungen gekämpft hat und sich mit meiner verbesserungswürdigen Kommasetzung auseinandersetzen musste. Ebenfalls ein großes Dankeschön an meine Schwester Lena, die immer da war und mir Mut gemacht hat, mit dem was ich da getippt habe. Auch meinem Vater, der mit einem roten Stift durch das Skript gegangen ist, möchte ich danken. Dieser geht auch an meinen größten Fan, Oma Julie.

Auch abseits des Buches: Vielen Dank für alles!